JN072301

歴史に残る悪女になるぞ 2

悪役令嬢になるほど王子の溺愛は加速するようです！

ウィリアムズ・アリシア
闇魔法を扱うウィリアムズ家長女。
実は転生者。綺麗事が大嫌いで
悪役になりたいと願う
ちょっとズレた少女。
シーカー・デューク
デュルキス国の王子。
水の魔法を扱う。
なぜかアリシアに関心を
持っているようで……!?
歴史に残る悪女になるぞ2
登場人物紹介
悪役令嬢になるほど王子の溺愛は加速するようです!

ジル
ロアナ村出身。
アリシアに
命を救われてから
彼女のために生きるように。
キャザー・リズ
この世界のヒロイン。
聖女の素質を持っている。
デュークのことが
好きなようで……!?
ウィル
ロアナ村の住人。
年老いた見た目だが、
洞察力が鋭く博識。
ウィリアムズ家の面々
アーノルド
アリシアの父。娘を溺愛。
アルバート
ウィリアムズ家長男。リズ信者。
アラン・ヘンリ
アリシアの双子の兄。
ヘンリはアリシアを心配。
メル
神出鬼没な
土魔法の使い手。どうやら
アリシアの味方らしい。

現在四十歳　ウィリアムズ家父　アーノルド

アリシアが小屋に籠《こ》もってから一年半になる。

まさかあの時、承諾《しょうだく》するとは思わなかったのだ。無理難題を出したのだから。

アリシアを諦《あきら》めさせようとした条件だったのに、逆にやる気にさせてしまった。

彼女の性格はよく知っていたつもりだったが、キャザー・リズの監視役《かんしやく》を続けるために魔法《まほう》レベルを90まで上げるという厳しい条件を出せば、流石《さすが》に折れるだろうと思ったのだ。

キャザー・リズの稀有《けう》な能力には誰も太刀《たち》打ち出来なくなっている。アリシアがいない間に、「リズ信者」は増え続け、学園を卒業すれば間違いなく伝説の聖女として君臨《くんりん》することになるだろう。

……あれから一度もアリシアには会っていない。

アリシア専属の侍女《じじょ》、ロゼッタが食事、衣服、それと本を持って行くぐらいだ。

勿論《もちろん》、二人は接触《せっしょく》していない。小屋の外に食事や服を置くだけだ。小屋には、少し廃《すた》れてしまっているが風呂《ふろ》もあるし、住もうと思えば住める。だが、今までアリシアの暮らしていた贅沢《ぜいたく》な環境《かんきょう》からいきなり質素な生活など難しい。すぐに音を上げると思っていた。

それなのに、アリシアは一年以上もあの状況《じょうきょう》に耐《た》えているのだ。

私は最低な願いをしてしまう。早く諦めてくれ、と。

アリシアが攫《さら》われた時に、無理にでもキャザー・リズの監視役をやめさせておけばと心底後悔《こうかい》した。

どんな状態だったかを後で聞き、心が張《は》り裂《さ》けそうなほど苦しかった。娘《むすめ》が死んでいたかもしれないのだ。

一刻も早くこんな危ないことをやめさせねばと思ったが、彼女はキャザー・リズの監視役を続けると言う。そして彼女は私の出した条件を受け入れ、そのまま小屋に向かった。

アリシアと約束してしまった以上、自分の言ったことには責任を持たなければならない。

彼女が小屋に籠もってからすぐに五大貴族で緊急《きんきゅう》会議が開かれ、私は事の次第《しだい》を話した。

ジョアンには「勝手なことをしてくれたな」と言われたが、アリシアがレベル90に達しないと、聖女を監視し、成長させることは出来ない、と私は強く訴《うった》えた。それと同時に、達成せずに出てきてほしいとも願っている。

そもそも、どうして私の娘がそんな重い荷を背負わなければならないのだ？

確かに、アリシアが聖女と同様に前例のない異端児《いたんじ》だということは分かる。本来なら十三歳からしか使えない魔法を彼女は十歳で使えるようになったのだ。それでも、自分の娘を国のために犠牲《ぎせい》にしているようなものではないか。

一年後、キャザー・リズは二十歳《はたち》になり、最高学年になる。魔法学園を卒業すれば、もう聖女として世に出て行かざるを得ない。だから、躊躇《ちゅうちょ》している暇《ひま》はない。それは十分に理解している。それでも――。

「レベル90に達しない限り、アリシアを聖女の監視役として認めるわけにはいかない。私の娘をなんだと思っているのだ」

私は、怒《いか》りを出来るだけ抑《おさ》えながら言った。四人とも口を閉じる。

暫《しばら》く沈黙《ちんもく》があった後、国王――ルークは静かに言った。「異端児には異端児を」と。


緊急会議の後、私はアリシアの連れてきたジルという少年に会いに行くことにした。

仏頂面《ぶっちょうづら》で部屋から出てきた男の子は、普通《ふつう》の九歳よりも随分《ずいぶん》と小柄《こがら》に思える。

私が全てを話していくと、彼の表情はどんどん険しくなっていった。アリシアが不在の間、ロアナ村には行けないということも伝えた。

代わりに彼には薄《うす》いピンク色のエイベルという名の液体が入った瓶《びん》を渡《わた》す。これでいつでも壁《かべ》を通《とお》り抜《ぬ》けてロアナ村に戻《もど》れると言うと、彼は物凄《ものすご》い剣幕《けんまく》で私を睨《にら》みつけた。

九歳の少年とは思えないほど凄《すさ》まじい殺気だ。

大人が馬鹿だと子どもは可哀想《かわいそう》だね、そう言ってジルは私を嘲笑《ちょうしょう》して部屋から出て行った。

私は何も言い返すことが出来ず、彼の小さな背中を見送るだけだった。

それからのジルは、一年間ずっと、我が家の図書室に籠もりきりだ。

食事は使用人が図書室まで運んだ。そして、風呂は二日に一度しか入らない。

時々、夜中に森の方へ走って行く姿を見かけたけれど、おそらく向かう先はロアナ村だろう。

長男のアルバートや双子《ふたご》の息子《むすこ》アランは特にアリシアのことを気にした様子は見せなかった。

だが、双子の片割れのヘンリだけは私に声を上げた。

何故《なぜ》そんな無茶な条件を出したのか、と。たとえ不可能であってもアリシアならその条件を受け入れると分からなかったのか、と。

その日以来、ヘンリは私と口をきかなくなった。

そして、ルークの息子、この国の王子であるデュークにも睨まれるようになった。彼は何も言わなかったが、私を見るその瞳《ひとみ》には怒りと軽蔑《けいべつ》があった。

妻は、目くじらを立てて私の頬《ほお》に拳《こぶし》を一発入れた。……それだけだった。

父というものは大変だ。私なりに娘をよく理解しているつもりだったけれど、もしかしたら私はアリシアを甘く見ていたのかもしれない。

彼女は何か目的があれば、それを達成するまで絶対に諦めない。あの時は、つい私もむきになって、出来るはずのない条件を言ってしまったのだ。

そうしてアリシアが小屋に入ってから一年半が経《た》った今、小屋の前に一通の手紙が置かれていた。

アリシアから、私に。

『お父様へ　さっき偶然《ぐうぜん》にも庭師の会話が聞こえたので書かせていただきます。お父様は私に言ったことを後悔しているようですね。後悔するのはまだ早いです。私が条件を満たすことが出来てから後悔してください。　アリシア』

現在十一歳　ジル

アリシアが小屋に籠《こ》もってから二年が経《た》った。

長かったようで一瞬《いっしゅん》だった。矛盾《むじゅん》しているけど、本当にそんな感じだった。

僕は毎日、ひたすら本を読み続けた。アリシアが強くなっているのなら、僕も彼女の隣《となり》に立つ助手として、もっと賢《かしこ》くならなければいけないからだ。

やっとだ……。やっとアリシアに会える。どれだけこの日を待ち望んだことか。

ほとんど眠《ねむ》れなくて早々に起き、小屋の前に立つ。朝の三時半。まだ誰《だれ》も起きてくる気配はない。肌寒《はだざむ》く空全体に暗い霧《きり》がかかっている。

僕は少し身長が高くなった。十一歳の男にしては、まだ全然小さいけど。

アリシアは変わっただろうか。

二年間誰とも言葉を交《か》わさず、あの木造の小屋でひたすら魔法《まほう》のレベルを上げていたというのか。僕なら耐《た》えられない。アリシアの「悪女になりたい」という信念がどれだけ強いかがよく分かる。

いつぐらいに出てくるのだろう。僕はそわそわしながら小屋の様子を窺《うかが》う。

彼女と会える日を二年も待っていたのだ。

アリシアがいなくなった直後は、一日が物凄《ものすご》く長く感じられた。大好きな本の内容も全然頭に入ってこなかった。それぐらい僕は彼女に依存《いぞん》していたのだ。

今日、アリシアが小屋から出てくるということを教えてくれたのは、アリシアの父親だった。

ウィリアムズ・アーノルド。彼は僕にとても良くしてくれた。図書室はいつでも使わせてくれたし、僕がそのまま図書室で眠ってしまった時は、彼が部屋まで運んでくれたらしい。

最初は本当に憎《にく》かった。アリシアにあんな条件を与《あた》えたことに、心底腹が立っていた。けど、彼が一番自分のしたことを後悔《こうかい》していたのだ。

アーノルドにアリシアを迎《むか》えに行かないのかと聞くと、僕が行く方が良《い》いと言われた。

僕は最初から行くつもりだったが、まさかアーノルドにそう言われるとは思わなかった。

ヘンリとデュークとは年に数回ほどしか会わなかった。基本的にずっと図書室にいたから。

そんなことを考えていると、小屋の扉《とびら》が悲鳴を上げるかのようにギイイイ、と鳴った。

鼓動《こどう》が激しくなる。……ようやく、アリシアに会えるんだ。

心臓の音しか聞こえない。手に汗《あせ》が滲《にじ》み出《で》てくる。僕は息を止めた。

「朝早いわね、ジル。久しぶり」

僕はアリシアの容姿に釘付《くぎづ》けになった。

さっきまで心臓が痛いくらい激しく動いていたのに、一瞬動きが止まったかのような錯《さっ》覚《かく》を覚える。彼女のあまりの美しさに息を呑《の》んだ。

顔が変わったわけではないのに、二年前とは随分《ずいぶん》と雰囲気《ふんいき》が違《ちが》う。

霧の中に佇《たたず》む美女……間《ま》違《ちが》って地上に降りてきた女神《めがみ》みたいだ。

烏《からす》の濡《ぬ》れ羽色《ばいろ》の髪《かみ》は腰《こし》まで伸《の》び、少し吊《つ》り上《あ》がった決して揺《ゆ》るがない黄金の瞳《ひとみ》は輝《かがや》きを増して神秘的だ。そして、一度も小屋から出ていないせいなのか、純白の雪の色をした肌《はだ》、薄《うす》く整ったほんのり赤い唇《くちびる》。「美しい」とはこういうことを言うのだろう。

僕を覗《のぞ》き込むその瞳は艶《つや》っぽく、僕は茫然《ぼうぜん》としたままアリシアを見ていた。

アリシアはゆっくりと僕の方に近づいてきた。心臓が破裂《はれつ》しそうなくらい鼓動が激しい。

近くで見ると、アリシアも背が高くなっていた。彼女の眼差《まなざ》しから知性を感じる。

「ジル？　私が誰か覚えているわよね？」

なんだか前と違って少し軽い口調になっている。

彼女の変貌《へんぼう》に言葉を失っていた僕は、ゆっくり深く頷《うなず》いた。

「そう、良かった。みんなに会う前に行かないといけない所があるから、ちょっと来て」

やっぱり、随分口調が変わっている気がする。人と話さなかったからなのか？

アリシアはそう言って僕の腕《うで》を摑《つか》んで森の方へと走り出した。

彼女が向かっているのはおそらくロアナ村だ。

危険だから夜しか来ちゃだめだってじっちゃんに言われているのに、行っても大丈夫《だいじょうぶ》なのかな。

森の中はなんだか少しだけ気味が悪かった。夜よりも朝の方が不気味に感じられる。そんな考えがふと頭に浮《う》かぶ。

「って、アリシア！　裸足《はだし》じゃん！」

僕は森を少し入った所で気が付いた。アリシアの足の裏が真っ黒になっている。

「平気よ。それよりこの二年の間、何か変わったこととかあった？」

アリシアは足の汚《よご》れなど全く気にしていないようだ。

「……アリシア、喋《しゃべ》り方が変わったよね？」

僕は探《さぐ》るようにアリシアの顔を覗き込んだ。

アリシアは考えるように眉間《みけん》に皺《しわ》を寄せる。

「喋る相手がいなかったからかな？　何か変？」

「口調が軽い」

僕がそう言うと、アリシアは「そう？」と小さく微笑《ほほえ》んだ。

……綺麗《きれい》だ。

前までの悪女オーラを出そうって感じがなくなったように見える。

微笑みに知性と品性が表れているとでもいうか。

「確かに、変わったかもね」

「本当に二年間誰とも話さなかったの？」

アリシアは少し困った表情を浮かべた。こんな表情、悪女になりたいと豪語《ごうご》していた時は一度も見せたことがない。

「悪女っぽくなくなったなって思った？」

図星を指されて思わず固まった。

まさか自分の心が読まれる日が来るなんて……魔法を使ったのかな？

「魔法じゃないわよ」

アリシアはそう言って口角を少し上げた。

あ、この顔。少し意地悪そうな笑《え》み……いつものアリシアだ。

「じゃあ、どうして？」

「ジルの表情が分かりやすいからじゃない？」

嘘《うそ》だろ。この二年間で僕は結構、自分の心を隠《かく》せるようになったと思うんだけど……。

それに今では色んな表情を臨機応変に作れる。

「っていうのは嘘よ」

アリシアは目尻《めじり》に皺を寄せて笑った。一瞬ドキッとしてしまった。

やっぱり、僕の知っているアリシアじゃないみたい。

「何も変わってないわよ、私」

……また心を読まれた。

僕が目を丸くしていると、突然《とつぜん》アリシアが笑い出した。

「ごめんね、ジル。あまりにもジルの反応が面白《おもしろ》かったからついからかっちゃった」

「どういうこと？」

「そんなに嫌《いや》そうな顔しないでよ」

「ちゃんと説明して」

「ウィルおじいさんって、目が見えていないのにどうしてあんなに人の心が読めるんだろうって考えてたの、この二年間でね」

「で、答えは見つかった？」

「う～ん、全然。でも、分かったことはある」

アリシアは得意げにそう言った。

なんだか前よりも生き生きしているようだ。

「小屋の中には私だけ、でも小屋の外には大勢の人がいるでしょ？　当たり前だけど」

「そうだね」

僕は頷きながら相槌《あいづち》を打った。

「外の変化に敏感《びんかん》になったってこと？」

「流石《さすが》私の助手ね」

アリシアはそう言って僕の頭をガシガシと撫《な》でた。

彼女に認められるのが僕にとって最大の愉悦《ゆえつ》なのかもしれない。

「声の調子や表情、態度、空気……雰囲気や音だけで人の心を読み取るのってこんなにも難しいことなんだって改めて思い知ったのよ。それでもウィルおじいさんに比べればまだまだだけどね」

「凄《すご》いね、アリシアは」

「何も凄いところなんかないわ」

彼女は平然とそう言う。それは謙遜《けんそん》なんかじゃなく本心から言っているようだった。

「僕にはそんな努力出来ないよ」

「努力？ 違うわ。忍耐力《にんたいりょく》はあるかもしれないけど、私はただ、悪女になりたいから。そのために必要なことをしているだけ」

「でもなんか、二年前の方が悪女っぽかったけどね。さっきの困った表情とか……」

「ああ、……正直、なんて答えればいいいか分からなかったのよ」

そう言いながらアリシアはまた困った表情を浮かべる。僕に話すべきかどうか迷っているようだ。

僕は絶対に口外なんてしないけど、それを決めるのはアリシアだ。

アリシアは軽く目を瞑《つぶ》り小さく息を吸い込んだ。ゆっくり目を開けて僕の方を見る。

「一度だけ、お母様が私に会いに来たのよ」

「お母様？」

「そうよ、お母様」

アリシアは乱雑に木から出ている枝をくぐりながらそう言った。

そういえば、僕はアリシアの母親を見たことがない。

「なんて言われたの？」

「アルバートお兄様とゲイル様とカーティス様がレベル80を習得したとか、デューク様がレベル１００を超《こ》えたとか。そういえばリズさんはレベル１００を習得したみたいよ」

「は⁉　え⁉」

僕は思わず変な声を上げた。

大して興味もなかったから、全く知らなかった。

そう言えば、デュークは一つピアスが増えていたな。翡翠色《ひすいいろ》の魔法石が蒼《あお》い魔法石の隣につけられていた。あれは、レベル１００を超えたからか。

……凄いなんてもんじゃない。

これまでレベル１００を達成出来た人はこの国にはいなかったはず。どうして前例のないことが、こんなに一気に起こっているんだ？

だから。

「おかしい、こんなの」

「まぁ、ゲームの主人公達なんだから超人《ちょうじん》が集まってて当たり前よね」

アリシアが物凄く小さな声で呟《つぶや》いたけど、ほとんど聞き取れなかった。聞き直したところで彼女はもう一度同じことは言わないだろう。だって、僕に聞こえないように呟いたのだから。

「風の噂《うわさ》で聞いたんだけど、キャザー・リズって学園でも町でも物凄く人気らしいよ」

「あら、予想通りだわ、彼女、結局ロアナ村には行っていないの？」

「来るわけないでしょ。口だけだよ、彼女は」

「まぁ、彼女が人気になってくれれば私の悪女としての評判も上がるわ」

そう言って嬉《うれ》しそうにアリシアは笑った。

彼女は本当に変わっている。自分の利益のためだけに動いているはずなのに、何故《なぜ》か魅《み》力的《りょくてき》で嫌《きら》いになれない。

「母親に他に何か言われなかったの？」

「う～ん、やるならとことんやりなさいって言われたぐらいかな」

「それだけ？　なんか想像していたのと違う」

「私のお母様って少し変わっているのよ。普段《ふだん》は能天気で穏《おだ》やかなんだけど、どこか肝《きも》が据《す》わっていて……とにかく変なのよ」

そこは似ているねって言おうと思ったが、やめておいた。

「霧が見えてきたわよ……ってジルはこの二年間どうやってロアナ村に行ってたの？」

「これ」

僕は薄ピンクの液体が入った瓶《びん》をアリシアに見せた。まさかこれを持っているなんて思わなかったのだろう。アリシアは瞠目《どうもく》する。

「それ、どうしたの？」

「アリのお父さんにもらったよ」

「お父様が……」

アリシアは小さく呟いた。

驚《おどろ》きと嬉しさが混じった表情だ。

「エイベルっていう名前らしいよ」

僕は瓶を軽く揺らしてそう言った。


ここに来るのは、この二年の間で今日が五回目だった。

それも最初の一年に四回だけ。じっちゃんとレベッカには、アリシアのことをちゃんと説明した。

二人とも驚いていたが、すぐに理解してくれた。

あれから、一年ぶりにここに立つ。相変わらず魔力の霧が大きな壁《かべ》を作っている。この村は、僕にとっては地獄《じごく》だ。アリシアは表情を読み取ったのか、軽く僕の頭をポンポンと二度優《やさ》しく叩《たた》く。

スッと息を吸って、僕はアリシアと一緒《いっしょ》に霧を抜《ぬ》けた。

なんだろう、いつもと村の雰囲気が違う気がする……。気のせいか？

朝だからか、村人達はそこそこ起きていたようで一瞬で僕達に視線が集まった。鋭《するど》くとがった視線が突き刺さる。

これは、まずい。アリシアが襲《おそ》われる……。

だが、彼女は臆《おく》することなく毅然《きぜん》とした態度で真っすぐ彼らを見ていた。

……ああ、アリシアはそういう人だった。

「どうしたの？」

遠くで聞き覚えのある声がした。村人達が道を空ける。やってきたのは懐《なつ》かしい顔。最後に会った時よりも随分彼女の身長は高くなっている気がした。

長い銀色の髪を一つに束ねている薄茶色《うすちゃいろ》の瞳の少女が、僕達を見て大きく目を開いた。

「アリ……シア？」

レベッカの後ろにはじっちゃんもいる。

じっちゃんが現れた途端《とたん》、村人達の空気が変わった。なんだかじっちゃんがこの村のリーダーみたいだ。この一年の間に一体何があったのだろう。

「久しぶり、レベッカ」

そう言ってアリシアは優しく口角を上げた。

皆の視線がアリシアに集中する。そして、多くの者がアリシアの美しさに息を呑んでいた。

客観的に見たら、まるでこの村を救いに来た聖女みたいだ。聖女なんてアリシアには口が裂《さ》けても言えないけど。アリシアはこの村を救おうなんて欠片《かけら》も考えていないのだから。

「凄く綺麗になったね」

レベッカはアリシアをじっと見たままそう言った。

「そう？　有難《ありがと》う」

アリシアは素直《すなお》に礼を言った。

「アリシア」

そう言ってじっちゃんがレベッカの横に並んだ。

じっちゃんはいつも姿勢が良く、威厳《いげん》に満ちていた。白髪《しらが》だけど皺はあんまりないし、目がなくても顔が整っていることが分かる。

賢く優しい彼は僕の憧《あこが》れの人だ。

「ウィルおじいさん！」

アリシアは嬉しそうに声を上げた。じっちゃんの前だと彼女は年相応の少女の顔になる気がする。

「元気そうじゃな」

じっちゃんが顔を綻《ほころ》ばせる。

アリシアはじっちゃんに近づき、ぎゅっと抱《だ》き締《し》めた。彼は一瞬固まったがすぐにアリシアの頭を優しく撫でた。

二人は、つい嫉妬《しっと》してしまいそうなぐらい仲が良い。

僕の方がじっちゃんと過ごした時間は長いはずなのに、アリシアとじっちゃんの方が深い絆《きずな》で結ばれているように感じる。

「ウィルおじいさん、少しかがんでいただけますか？」

アリシアがそう言うと、じっちゃんは不思議な表情をしながらも言われた通りにかがんだ。

僕達は黙《だま》ってその様子を見守る。アリシアはじっちゃんの目元に口を近づけた。

何をしようとしているんだ？

すると、いきなり呪文《じゅもん》を唱え出した。聞いたことのない言葉だ。まるで歌を歌うように唱えている。たちまち、小さな明るい光がふわりと漂《ただよ》い始めた。

……もしかしたら、デュルキス国の古語？

これを扱《あつか》える人などこの世にもうほとんどいないはずだ。それに、この古語を習得するには数十年はかかると言われている。

……もしかして、この魔法を習得するために小屋に籠もった？

彼女の澄《す》んだ声が静寂《せいじゃく》の村に響《ひび》き渡《わた》る。煌《きら》めいた白い光はゆっくりとじっちゃんとアリシアを包んだ。あまりに眩《まぶ》しい光に目を開けていられない。

レベル100を習得していたとしても、古語が必要な魔法を使える者はいないと思っていた。

光はどんどん明るさを増し大きくなっていく、僕はギュッと目を閉じる。強烈《きょうれつ》な光が一瞬僕の目を襲ったが、すぐにその刺激《しげき》は消えた。

同時にアリシアの声も聞こえなくなっていた。僕はゆっくりと瞼《まぶた》を開く。

……この魔法だったんだ。

なんとなく気付いていてはいたけど、僕は全身に鳥肌《とりはだ》が立った。村の人達も瞠目して固まっている。口をあんぐりと開けたまま動けない人もいる。

レベッカは体をぶるっと震《ふる》わせて少し引きつった笑みを浮かべた。

「凄い……」

レベッカは目を見開きながら小さく呟いた。

確かに、誰もが目を疑う。

アリシアの左目から黒い煙《けむり》みたいなものがもくもくと揺れながら出ている。

そして、じっちゃんの左目には光り輝《かがや》く黄金の瞳があった。

アリシアは安堵《あんど》の笑みを浮かべている。無事に魔法が成功して安心しているようだ。

じっちゃんはアリシアを見ながら声も出せずにいた。まだ自分に何が起きているのか理解出来ていないようだ。

……そうだ。じっちゃんは、やっぱりそうだったんだ。

僕の予想は確信に変わった。

「ウィルおじいさん？」

アリシアがじっちゃんの方に少し顔を近づける。じっちゃんは、アリシアの頬《ほお》にゆっくり手を置いた。その手が小刻みに震えている。

「アリシアは、こんなにも綺麗な顔をしていたのか」

じっちゃんは涙《なみだ》をこらえながら感極《かんきわ》まった声でそう言った。今にも涙が零《こぼ》れ落《お》ちそうだ。

僕は胸《むね》の奥から何か熱いものが込《こ》み上げてくるのを感じた。

「信じらんねえ」

「ウィルじいに目がついたぜ」

「あの美少女って何者……」

「私達をここから救い出してくれないかな」

一人が喋り始めると皆が一斉《いっせい》に話し始めた。一気にざわざわと騒《さわ》がしくなる。

ただ、いつもに比べて村の人達の会話が妙《みょう》に大人しい気がする。アリシアが魔法を使えると知って、勝ち目がないとしてもそんなのお構いなしに口汚《くちぎたな》く罵《ののし》る奴《やつ》らがいたはずだ。

「この村に、何があったんだ……」

「アリシアがレベル90になるまで頑張《がんば》っているんだったら、私達も頑張ろうってなったのよ。まぁ、実際は師匠《ししょう》がほとんどこの村の治安を良くしたんだけどね」

レベッカが僕の独り言に答える。じっちゃんのことを師匠って呼んでいるんだ。

「口さがない奴らは尻尾《しっぽ》を巻いてこの村の奥に逃《に》げて行ったよ。とはいえたまに出てきて暴れたりもするんだけどね。今は良い所と悪い所で分かれているって感じかな」

レベッカはそう言って軽く笑った。

行動に移したのは確かにじっちゃんとレベッカなんだろうけど、その軸《じく》となっているのはアリシアだ。彼女は意識していないが、自然と人を魅了《みりょう》する。そして、人の心を掴むのがうまい。

「アリシア、本当に有難う。顔が……この村の皆の顔が見える」

じっちゃんの言葉で周囲はまた静まり返った。一滴《いってき》の雫《しずく》が静かにじっちゃんの頬を伝う。

彼の涙はこの村全員の心を痺《しび》れさせた。

じっちゃんが泣くところを僕は生まれて初めて見た。

「魔法で目をあげたってことは、師匠が死んだらアリシアに目が戻《もど》ったりするの？」

空気の読めない発言で静けさを破ったのはレベッカだ。彼女は僕の顔を覗き込むように聞いてくる。

「そうだよ。死んだら持ち主のところへ還《かえ》る」

けど、だからと言ってなかなか自分の目を他人に渡そうとは思わないだろう。

それに、アリシアはこんなことでじっちゃんに見返りなんて求めていない。……この行《こう》為《い》は——言うなればまさに聖女。これは、悪女の道のりはまだまだ遠いな。

自然と僕の顔に笑みが零れる。

アリシアがじっちゃんに目を移して分かったことがある。僕の想像よりもじっちゃんはずっと若い。

「結構ハンサムだな」

「分かる、格好良い」

「お前、じいさんが好みなのかよ」

「多分、五十歳ぐらいだぜ」

「でも髪の毛は真っ白よ」

からない。


「喋り方もじじいって感じだしな」

数人の若く張りのある声が耳に入ってくる。貶《けな》しているのか、褒《ほ》めているのか、よく分からない。

「ウィルおじいさん」

アリシアが落ち着いた声で静かにじっちゃんを呼んだ。

この様子だと、彼女ももう分かっているのだ。アリシアは目でじっちゃんに語りかけている。じっちゃんもアリシアの言いたいことが分かっているようだ。

あの時……どこかで見覚えがあると思ったんだ。だから、僕はデュークに聞いた。

王宮に飾《かざ》られている壁の絵は、誰と誰なのか、と。

「わしの名前は、シーカー・ウィルじゃ」

空気が引《ひ》き締《し》まるような威厳のある重く低い声が響いた。

現在十五歳　ウィリアムズ家長女　アリシア

また来なさい、とだけウィルおじいさんに言われ、私とジルは家に帰らされた。

ウィルおじいさんの名前を聞いた瞬間《しゅんかん》、予測が的中したというものの、やっぱり鳥肌《とりはだ》が立った。王宮で働いていたって……そういう意味だったのね。

たくさん聞きたいことはあったけど、あの場は大人しく引き下がることにした。

家に帰ってもまだ誰《だれ》も起き出してはいないようで、私はそのまま一度小屋に戻《もど》り、ジルも自分の部屋に用事があるからとそのまま小走りで駆《か》けていった。


私はベッドに仰向《あおむ》けに寝転《ねころ》がりながら色々なことを考える。

ジルはこの二年間でどのくらい成長したのかしら。

あの灰色の瞳《ひとみ》には以前と比べて聡明《そうめい》さが増している。

この二年間、私は死《し》に物狂《ものぐる》いで魔法《まほう》を習得したのだ。本を読み、筋トレをして、魔法練習、毎日ひたすらこの繰《く》り返《かえ》し。誰とも話さず、ずっと一人でい続けるのは、正直かなりきつかった。何度も本当にやめたいと思ったし、挫《くじ》けそうにもなった。けど、目標があったし、志を高く持っておかないと、悪女としては失格だって自分を鼓舞《こぶ》してなんとか耐《た》えた。精神力というか忍耐力《にんたいりょく》だけはとにかく培《つちか》われた気がする。

デュルキス国の古語を覚えるのには相当苦労した。まさかレベル87の「自分以外の人に自分のものを移す魔法」が、古語を唱えないといけないなんて知らなかったんだもの。

でも、結果として、この二年間でなんと、レベル91まで習得できたのよ！

私はベッドから勢いよく起き上がった。

視界がいつもと違《ちが》う。見える世界が狭《せま》くなった。左側がよく見えないけれど、まぁ、それは暫《しばら》くしたら慣れるわよね。

一番気をつけないといけないのが距離感《きょりかん》。時々、世界が平面に見えてしまう。だから、森を歩いている時、実は何度もつまずいたのよね。

私は視線を落として自分の足元を見る。足の裏から少し血が出ていた。……裸足《はだし》はやっぱり危ないわね。

私は軽く指を鳴らす。

……え？

何も変化がない。

悪寒《おかん》が走り、嫌《いや》な汗《あせ》が滲《にじ》み出《で》る。もう一度指を鳴らす。

何も、起こらない――!?

血の気が引いていくのが分かる。

どうして魔法が使えないの？

コンコンッと扉《とびら》をノックする音が部屋に響《ひび》く。

「僕だけど」

扉の外からジルの透《す》き通《とお》った声が聞こえた。

私は魔法が使えないショックが大きすぎて何も返事が出来なかった。訝《いぶか》しく思ったのか、ジルがゆっくり扉を開けて小屋に入ってくる。

「アリシア？　どうかしたの？」

「それは？」

ぎくしゃくとジルに視線を向けると、彼は手に細長い黒い布のようなものを持っていた。

「ああ、これ眼帯。さっき作ったんだ」

そう言ってジルは手に持っていた黒い布を私に差し出した。

……眼帯？

「ジルが作ってくれたの？」

「まあね。簡単だから」

ジルは少し照れる。

これを今の短時間で作れるなんて……器用すぎるわ。

「有難《ありがと》う」

私はそう言って早速《さっそく》眼帯をつけた。鏡で自分の顔を見る。

あら、結構似合っているじゃない。かなり悪女っぽさが出た気がする。

なんだかいつもよりジルが小さいかも。視界が半分になるってこんなにも見え方が変わるのね。

「で、どうしたの？」

ジルは私を見透《みす》かしたような目で見る。

平静を装《よそお》ったつもりだったのに、すぐにバレてしまった。まぁ、隠《かく》していてもしょうがないし、言うしかないわよね。

私は一度深呼吸してから、静かにはっきりと言葉を発した。

「魔法が使えなくなったみたい」

ジルは一瞬《いっしゅん》目を大きく見開いたが、すぐに顎《あご》に手を当てて眉間《みけん》に皺《しわ》を寄せた。小さな声で何かぶつぶつと言っている。と思えば急に顔を上げて私の顔をじっと見た。

「多分、一週間ぐらいで使えるようになると思うよ」

「どうして分かるの？」

「本に書いてあったんだよ。目にも魔力《まりょく》があるし……いきなりなくなったから、それで使えなくなったんじゃない？」

「レベルはそのまま？」

「……それは、僕にも分からない」

ジルが少し困った表情を浮《う》かべる。

もしレベルが落ちていたら、私、キャザー・リズの監視役《かんしやく》を外されるわ。

「ねぇ、じっちゃんは、魔法を使えないの？」

ジルが不思議そうに私に聞いた。

……そういえばそうだわ、ウィルおじいさんは王家の人だった。

貴族は魔法を使えるのが当たり前。でもこれまでに魔法を使った様子はない。それに、シーカー・ウィルってことは、現国王様のお兄様の名前ってことで、それなのにロアナ村にいて……え？　どういうこと？　考えれば考えるほど頭がぐちゃぐちゃになる。

「デュークなら知っているかもね」

ジルは無表情のまま小さく呟《つぶや》いた。

確かに、デューク様なら知っているかもしれないわ。でも、理由までは教えてくれないと思う。

「それよりも、これからどうするの？」

ジルは真剣《しんけん》な口調でそう言った。

「そうね……とりあえず学園に行って、今がどんな様子なのか確認《かくにん》したいわ」

「は？　学園に行くの？」

ジルが呆《あき》れた表情で私を見ている。

あら、そんなに驚《おどろ》かれるとは思わなかったわ。

まず、リズさんの今の状況《じょうきょう》を確認しないと。敵の力は早々に把握《はあく》しておかないとね。

「ねえ、魔法が使えない状態でキャザー・リズの監視役なんて続けられるの？」

「ところで、ヘンリお兄様とお父様が物凄《ものすご》くギスギスしているって本当？」

私はジルの質問を無視して聞いた。

私が小屋にいた頃、食事を置きに来たお盆にそのようなことが書かれているメモが入っていた。あと、庭師の噂話が聞こえたのだ。

ジルは小さくため息をついて諦《あきら》めた表情を浮かべる。

「そうだよ。ヘンリが一方的に嫌ってる」

「可哀想《かわいそう》ね、お父様も」

ヘンリお兄様は私が国王様に頼《たの》まれてキャザー・リズの監視役をしていることを知らない。ただ、私が悪女を演じるのは、国王様に言われたからではないけれど。

乙女《おとめ》ゲームにはヒロインが必ずいる。それに対立する悪役令嬢《れいじょう》が必須《ひっす》だ。私の場合は国の秩序《ちつじょ》を守るためにヒロインの汚《けが》れのない考え方を変えていくって感じ。けど、幸か不幸か、お互《たが》いの価値観が全く違うからか、リズさんとは対立しか出来ないけれど。

そして、ヘンリお兄様はお父様が私に無茶苦茶な条件を出したって思っている。おそらく、ただ闇雲《やみくも》に娘《むすめ》を窮地《きゅうち》に立たせた最低な父親って思ってるんじゃないかしら。

まぁ、確かに事情を何も知らなかったら激怒《げきど》するわよね。

私の場合、ヒロインの攻略《こうりゃく》対象でもあるお兄様達全員に嫌《きら》われる気満々だったんだけど、ヘンリお兄様だけは違ったみたい。妹思いのお兄様なのね。

……でも、元のゲームでは最終的にそのお兄様ですら裏切るのよね。いいえ、それでいいの！　悪女は孤高《ここう》の女となって生きるのよ。

「よし！　今から学園に行くわよ」

「今から？　もしかしてアーノルドに会わないつもり？」

ジルがさりげなく核心《かくしん》を突《つ》く。

うっ。痛いところを突かれたわ。だって、会ったら確実に魔法のレベルテストをさせられるもの。今の魔法が使えない状態ではまずいわ。

というか、ジルってばいつの間にかお父様をアーノルドって呼んでいるのね……。もしかして結構親しくなったのかしら。

「ええ、一週間はお父様から逃《に》げるつもりよ。とりあえず、すぐに着替《きが》えるから外で待ってて」

「はぁ。分かった……ねぇ、今更《いまさら》だけど……アリシアはどうして悪女になりたいの？」

ジルの答えに私は少し詰《つ》まる。

悪女は私の憧《あこが》れだけど、どうしてなりたいのかって聞かれると返答に困るわね。

けど、なるべきだと思ったのよね。……格好良いからって答えはあまりにも稚拙《ちせつ》だし。

「そういう運命だからよ」

私はとりあえず適当に思いついた答えを、滅茶苦茶悪女っぽく満面の笑《え》みで言った。

身支度をして小屋から出てきた私にジルは目を見開く。

見惚《みほ》れてくれているのかしら。まぁ、私ももう十五歳。がらりと雰囲気《ふんいき》を変えてみたのよ。

この日のためにロゼッタに頼んでおいた真っ黒なレースのドレスには、瞳の色と同じ黄金の色で刺繍《ししゅう》が施《ほどこ》されていて……物凄い悪女オーラを出している……はず。

大ぶりのピアスが映《は》えるように髪《かみ》も一つにまとめて、一気に大人っぽく見える。それに、デューク様にいただいた胸元《むなもと》のダイヤモンドがようやく私に馴染《なじ》んでくれた気がする。

「……綺麗《きれい》だね」

「知っているわ」

ぼんやりと私を見つめるジルに、私は口《くち》の端《は》を小さく上げて微笑《ほほえ》んだ。

「……やっぱり、魔法が使えないのを隠し通すのは難しいと思うんだけど」

「分かっているわ」

「なのに、なんでそんなに嬉《うれ》しそうなの」

「悪女になるには困難が付きものでしょう」

「乗《の》り越《こ》えてこその悪女人生ってわけだ」

「そういうことよ」

「やっぱりアリシアは凄《すご》いね」

ジルは呆れたように笑った。私の無茶ぶりについてきてくれるみたいだ。

流石《さすが》私の助手……というより相棒ね。

私はちょっぴり怖気《おじけ》づいていた内心の動揺《どうよう》がバレないように、誇《ほこ》らしく笑った。


久しぶりに訪《おとず》れた魔法学園は、前よりさらに豪華《ごうか》な造りになっている気がした。

ずっと小屋にいたから正直なんでも豪華に見えるだけかもだけど。

「アリシア、言っておくけど、ここから戦場だと思った方がいいよ」

「どうして？」

「多分……大変だと思う」

ジルは言葉を濁《にご》す。

どうしてそんなに言いにくそうにしているのかしら。いつものジルらしくない。

「はっきり言って」

彼はどこか諦めたように、小さく息をついた。

「アリシアは、悪口は気にしないタイプだし、強いし、大丈夫《だいじょうぶ》だと思うけど……騙《だま》されないでね」

「誰に？」

私がそう言うと、ジルに深く長いため息をつかれた。

そんなにおかしなこと言ったかしら。悪口を言われてこその悪女だし、むしろ悪口はウェルカムよ。けど、騙されるってどういう意味？

「学園ではアリシアは不利な状況なんだよ。アリシアが学園に来なくなったことを喜んだ生徒達が」

中途半端《ちゅうとはんぱ》なところでジルは言うのをやめた。私に気を遣《つか》ったのだろう。

別に最後まで言ってくれても構わないのに。というか、今、最高に嬉しい気分よ。

私はもう二年前から立派な悪女だったんじゃない！

やっぱり自称《じしょう》悪女より皆《みな》に認められた公認《こうにん》悪女の方がいいものね。

「つまり、僕が言いたいのは、学園をやめるようなことにはならないでよねってこと」

「安心して」

私はそう言ってジルに笑いかけた。彼の目はどうも私を信用してくれていない気がする。ますます学園の状況を知りたくなったわ。百聞は一見に如《し》かず。

私達は二年ぶりに魔法学園の門をくぐった。

暫くすると生徒が何人か見えてきた。私達を見た瞬間、驚きの表情でひそひそと話し始める。

人ってどうして声を潜《ひそ》めて悪口を言うのかしら。堂々と言ってくれれば、悪女らしく言い返せるものを。

「ねえ、ウィリアムズ・アリシアじゃない？」

誰かの甲高《かんだか》い声が聞こえる。もはや知らない人にまで私の名前が知《し》れ渡《わた》っている。

「見て、眼帯しているわよ」

「やだわ、女の子なのに」

「なんか、気持ち悪いわ」

「呪《のろ》いで目が腐《くさ》ったんだよ」

突然《とつぜん》クスクスと笑い声が聞こえた。

凄いわ、眼帯のおかげでいつもの倍の悪口を言われている気がする。眼帯に感謝ね。

ジルを見ると、目で人を凍《こお》らせそうなくらい冷めた目で歩いている。

「悠々《ゆうゆう》と歩いているのが目障《めざわ》りだよな」

「美人だけど心は醜《みにく》い女だな」

「私はリズ様の方が美人だと思うわ」

「リズ様と比べてはいけないわ」

「彼女より心が綺麗な人にわたくしまだ会ったことがございませんもの」

「冗談《じょうだん》やめろよ、リズ様の足元にも及《およ》ばないだろ」

本人達は聞こえていないと思っているのか、話し声が全部私の耳に入る。

私は言われれば言われるほど愉悦《ゆえつ》の表情を浮かべるけれど、ジルはどんどん険しい表情になっていた。

それにしても、ここまで言われるとすがすがしいものね。リズさんの「努力は報《むく》われる」って言葉は正しかったのかもしれないわ。

「もう学園に来なければいいのに」

「早く帰ってほしいですわ」

「アルバート様もアラン様もヘンリ様も皆素敵《すてき》な方達なのに……」

「彼女だけ出来損《できそこ》ないってこと？　ウィリアムズ家も可哀想ね」

「顔は良《い》いのになんにも出来ない女って……邪魔《じゃま》なだけだろ」

私は悪口を言っている人達の方を一瞥《いちべつ》した。その瞬間、さっきまで私の悪口を言っていた人達の表情が強張《こわば》る。睨《にら》んだわけでもないのに一気に空気が張《は》り詰めた。

片目でこんなに人を怯《おび》えさせることが出来るって……やっぱり私、悪女の才能あるわよ！

「な、なんだよ」

「あんたなんか別に怖《こわ》くないわよ」

真の悪女はモブに構っている暇《ひま》なんてないのよ。

私は彼らを無視して歩き出した。この学園って無駄《むだ》に広いから校舎までが遠いのよね。

「デューク様の部屋に無理やり入って退学になったくせに！」

「そうよ、どうせこの二年間も男と遊んでいたんでしょ」

後ろから荒《あら》い声が聞こえたのと同時に、私は足を止めた。

声と空気だけで私に対して凄《すさ》まじい軽蔑《けいべつ》の視線が向けられているのが分かる。

あら、いつの間にか私は退学したことになっていたの。噂《うわさ》って怖いわね。

しかも理由がなかなか……悪女っぽいわ！

今日だけで私はどれくらいの悪女ポイントが増えたのかしら。

小屋に籠《こ》もっている間は結構辛《つら》かったけど、良いこともあるのね。こんなにも話が盛られているなんて。

「貴女《あなた》にデューク様は不釣《ふつ》り合《あ》いだわ」

「どうせその少年もあんたの好感度を上げるために連れているくせに」

「この子を保護しているんですって皆に見せびらかしているのよ」

「本当に可哀想だ。子どもを道具としてしか見ていない」

「デューク様もそんな薄《うす》っぺらい嘘《うそ》なんてすぐに見抜《みぬ》けるわよ」

ジルの目から凄まじい殺気が放たれている。今にもキレそうだ。

「ああ、本当にリズ様と婚約《こんやく》してほしかったわ」

「そうよ、どうしてこんな人とデューク様は婚約したのかしら」

「今頃《いまごろ》、後悔《こうかい》してるだろ」

……ちょっと待って。

私はジルに目で訴《うった》えかける。私の言いたいことが分かったのか、ジルは小さく頷《うなず》く。

いつ私とデューク様が婚約したの⁉

「あの、少しお話ししたいのですが……」

突然、横から可愛《かわい》らしい声が聞こえた。私はゆっくり声のする方に視線を向ける。

えっと……誰だろ？

小豆色《あずきいろ》の瞳がじっと私を見つめる。清楚《せいそ》ってこういう女の子のことをいうんだろうなって思わせるような容姿だ。

「あの、この学園から出て行った方が賢明《けんめい》だと思いますわ」

私は一瞬耳を疑った。まさかこんな委員長みたいな女の子までがそんなことを言い出すなんて。

「は？」

ジルが私よりも先に言葉を発した。

「そうだ！」

「ジェーンの言う通りだ！」

「出て行け！」

女の子の意見に皆が乗っかり、一気に周囲が騒《さわ》がしくなる。

この清楚系お嬢様《じょうさま》はジェーンっていうのね。ニコニコしているのが癪《しゃく》に障《さわ》るわ。その気持ち悪い笑み、やめてほしいわね。

「出口はこちらです」

彼女はそう言って、私の腕《うで》を力強く摑《つか》み、学園から追い出そうとした。

「ねえ、アリ」

ジルが声を発したのと同時に、私は思い切り摑まれた手を振《ふ》り払《はら》う。

……しまった。いきなりだったせいか力加減を間違《まちが》ってしまったみたい。

「うッ……！」

ジェーンは見た目からは想像出来ないような低い声を上げた。

あら、随分《ずいぶん》と吹《ふ》っ飛《と》んだわね。普段鍛《ふだんきた》えている成果がこんなところで出るなんて。

ジェーンは芝生《しばふ》の上にドスンと倒《たお》れた。

ジルがぽかんと私を見る。さっきまでの騒ぎが嘘みたいに静かになった。

「ねぇジル、この程度で私、退学にならないわよね？」

ジルにこそっと聞いたけど、返事がない。

そんなに驚かせたかしら？　……なら、悪女たるものこれを機にもう少し皆を脅《おど》しておこうかしら。

私はゆっくり後ろを振り向く。皆の目に恐怖《きょうふ》と焦《あせ》りが表れる。

そうそう、そういう目で私を見てほしかったのよ。

「誰から潰《つぶ》そうかな♪」

私は全員を見下すように笑顔《えがお》で言った。

言ってから気付いたけど、これはちょっと下品だったかもしれない。もっと悪女っぽく言った方が良かったわ。まぁ今更後悔しても仕方ないか。

一気に皆の顔が青ざめていく。

「うふふふふ」

突然、場の空気を読まない笑い声が響く。笑い声がした方に目を向けると、小柄《こがら》な女の子が木からひょこっと下りて私の元に近づいてきていた。

こういう手合いには関わらない方が良さそう……。私の本能がそう言ってる。

ラズベリー色のくりっとした目に桃色《ももいろ》の髪の毛をツインテールにした……まるでお人形さんみたいな子。

こんなラブリーな子、ゲームにはいなかったような気がするんだけど。

甘い匂《にお》いがほのかに漂《ただよ》う。

「こんにちは、アリシアちゃん！　私、メル、よろしくね」

可愛らしい声でそう言って目の前に立った彼女は、じろじろと私の顔を凝視《ぎょうし》する。

「超《ちょう》可愛い～！　瑞々《みずみず》しい肌《はだ》にその美しい瞳……って片方は眼帯してて見えないけど！　その眼帯も格好良い～。でも、美少女～！　食べちゃいたい」

私の顔に物凄く顔を近づけながらメルはそう言った。

触《さわ》るな危険って感じの女の子ね。

ジルも私と同じ考えみたい。目で、こいつやばいぞって訴えかけてくる。

「アリシアちゃんのお兄様達なら、生徒会で集まっているから教室にはいないと思うよ」

メルは何が楽しいのか分からないが、笑いながらそう言った。

「ちなみに私から見るとすっごい仲悪そうだよ、今の生徒会！　あっ！　アリアリの婚約者が生徒会長なんだけどね～」

え？　アリアリ？　私のこと？

「副会長のリズちゃんとうまくいっていないみたいだし～。アリアリのせいでこの学園は

もう無茶苦茶！」

藪《やぶ》から棒になんなのかしら。リズさんと仲が悪い生徒会長ってまさかデューク様のこと？

「私、ヘンリやアランと同級生なんだけど……」

「え？　お兄様と？　じゃあ十八歳？」

「そうだよ。メルって呼んでね」

私より年上とは思えない容姿だし……喋《しゃべ》り方で余計に幼く見える。

メルはジルに目を向けた。ジルは警戒《けいかい》したままメルをじっと疑い深く見ている。

「君も可愛いね。名前は？　…………あれ、喋れないの？」

「ジルよ」

私が代わりに答える。

「へぇ～」

メルは冷めた目でジルを見下ろす。彼女は本当に危ないと全身でそう感じた。

「ねぇ、アリアリ、そんなに警戒しなくていいよ」

メルは笑顔で言うと、いきなり私とジルの手を思い切り摑む。その瞬間、目の前の景色がぐにゃんと揺《ゆ》れた。

ああ、転送魔法だわ。……この子も出来るのね。

私は目を瞑《つぶ》って息を止めた。ジルもそれに気付いたのかすぐに目を瞑り息を止める。酔《よ》うのだけは絶対に嫌だもの。

さっきと違う場所だということが分かってゆっくり瞼《まぶた》を開いた。青々とした緑が視界を占領《せんりょう》する。凄く新鮮《しんせん》な空気だ。

……森？　人気がないようだけど。

「ここどこ？」

ジルが周りを見渡《みわた》しながらそう言った。

「安心して、学園の中だよ。ここなら人もいないし、思う存分お喋り出来るね」

「何を話すの？」

「だ〜か〜ら〜、そんなに警戒しなくていいよ」

「するよ」

ジルが私よりも先に答える。メルは少しムッとした顔をジルに向ける。

そんな顔も可愛らしい。とても十八歳には見えない。

「大丈夫だって、私本当にアリアリのこと好きだし」

「会ったこともないのに？」

「見たことはあるよ、超有名人だし」

「それだけ？」

「まあね～、でも本当にアリアリのためなら私なんだってするよ」

「信用出来ない」

「どうしたら信じてくれる？」

ジルとメルだけで会話が進んでいく。

どうしてメルはこんなに私を好きだと言うのかしら。一度も彼女と話したことはないのに。

「ところでその目、どうしたの？」

メルの顔は好奇心《こうきしん》に満ち溢《あふ》れていた。私はメルの質問を無視して、違う疑問を投げかける。

「私のどこを好きになったの？」

「私の質問は～！　まぁ、言いたくないならいいけどさ。最初に見かけたのは旧図書室だよ。その時はただの賢《かしこ》い女の子だな、くらいにしか思ってなかったんだけど、お茶会の時に……あの時は本当に全身痺《しび》れたね」

そう言ってメルは恍惚《こうこつ》とした表情を浮かべた。

「私、キャザー・リズのことが大っ嫌《きら》いなの！　本当にムカつくの！」

メルの顔がだんだん赤くなっていく。精神もお子様並みのようね。

「ただの愚痴《ぐち》を聞かされるならもう行くわ」

私は歩き出そうとした。すると、メルの低く落ち着いた声が耳に届く。

「彼女のことを嫌いな人は私だけじゃないよ」

彼女の顔つきががらりと変わって、さっきまでのメルとは別人のようになった。

「私、アリアリの現実的な考え方が好きなんだっ。二年前のお茶会の時にアリアリに惚《ほ》れたんだけど、さっきジェーンの手を払った時も最高だった！　惚れ直したよ。あの子、キャザー・リズが大好きなんだよ。崇拝《すうはい》してる」

メルの表情がコロコロ変わっていく。

「とりあえず、私はアリアリ側だってことが言いたいの」

「私、仲間はいらないわ」

笑顔で断る。

「何しているんだ？」

急に聞き覚えのある声が響いた。透き通った艶《つや》のある男性の声……デューク様？

私は声がした方を振り向く。そこには身長がまた高くなり、前よりも精悍《せいかん》になったデュ一ク様がいた。翡翠色《ひすいいろ》のピアスが増えている。大人の男になって、一段と眩しいオーラを身にまとっているようでなんだか直視できない。

人って二年でこんなに変わるのね。

「シャープな顎に、美しい海みたいな瞳、綺麗な色の濃《こ》い肌に、逞《たくま》しい体……」

メルがうっとりしながらデューク様を見ている。彼女はさらに大きな声を上げる。

「久々の婚約者同士の再会！　さぁ、熱い抱擁《ほうよう》を！」

「待って、さっきから婚約者ってどういうこと？　私はデューク様の婚約者になった覚えはないわよ」

さっきも外野が何か言ってた気がするけれど、デューク様はリズさんと恋人《こいびと》になる運命よね。何がどうしてそんな噂が出たのかしら。

「婚約の件は、ちゃんと俺からアリシアに話す」

……は？　デューク様が私と婚約？

私が二年間小屋に閉じ籠もっている間に婚約者になっていたとでも言うの？

「会いたかった」

「お、お久しぶりです」

悪女なのに、どうしてこんなにおどおどしてしまっているのかしら。「会いたかった」なんていきなり言われるとは思ってもみなかった。こういう時って何を言うのが普通《ふつう》なの？

「デューク様の方こそお変わりなかったかしら」

「ああ。アリシア、二年の間にまた綺麗になったな。だけどその眼帯、どうしたんだ？」

「メ、メルとデューク様のご関係は？」

私、話を逸《そ》らすのがあまりにも下手くそね。もっとスマートに出来ないのかしら。

「主従関係だ」

彼はどうでも良さそうに答える。

なるほど……え？　王子の従者ってもっと畏まった人だと思っていたわ。

「えーっと、婚約ってどういうことですか？」

「それはただの噂だ。俺の部屋に泊まったことがあっただろ。あれ以来色んな噂が流れてる。……まぁ、俺はいつでもしていいと思っているが」

デューク様は私の方をじっと見つめる。その青い瞳に私が映り、気を抜《ぬ》けば吸い込まれそうになる。

悪女はこれぐらいじゃ動揺しないわ。それなのに、顔がどんどん熱くなってしまう。

「あの、私の顔に何かついていますか？」

なんて馬鹿みたいな質問だろうと思いながらも、このデューク様から醸《かも》し出《だ》される甘い空気に耐えきれず言葉を発する。

デューク様は何も言わず、そっと私の頬《ほお》に触《ふ》れる。その瞬間、自分の心臓が飛び跳《は》ねた。異性からのスキンシップなんて慣れていないのよ！　これでもピュアな悪女なのよ。

「で、この眼帯はどうしたんだ？」

心配そうな口調でそう言って、彼は私の眼帯に触れようとした。

「触らないで」

目がないってことが分かってしまうのを恐《おそ》れて咄嗟《とっさ》に彼の手を叩《たた》いてしまう。デューク様を拒絶《きょぜつ》してしまったことで、一気に空気が張り詰めた。

ああ、もうどうしてこうなってしまうのかしら。いっそのこと言った方が早いわね。

「ある方に、目を差し上げたのですわ」

笑顔を崩《くず》さずにわざと明るい口調でそう言った。デューク様の目が大きく見開く。

「どういうこと⁉」

先に口を開いたのはメルだった。彼女の甲高い声は爆発音《ばくはつおん》のようだ。

「だから、私の」

もう一度説明しようとした瞬間、さっき叩いたデューク様の手が再び私の頬を触る。

なんだか力が強い気がします……。

私はデューク様の顔をゆっくり見上げた。……鬼《おに》の形相ってこういう時に使うのかしら。

デューク様が険しい目で睨むように私を見ている。

「何故《なぜ》だ」

その声はとても低く、私は全身に鳥肌が立った。……怒《おこ》っている。

彼の雰囲気に呑まれて言葉が出ない。なんて圧力なのかしら。

ジルもメルもデューク様の様子に驚いているようだ。

「今まで俺がどんな気持ちで見守ってきたか分からないだろう。幼い頃《ころ》から悪役を演じて、それを楽しんでいることも知っていた。アリシアがそう望むなら俺は」

中途半端なところでデューク様は話すのをやめた。

さっきまでの怒《いか》りはデューク様の瞳から消えている。だけど今は、それ以上にもっと私の心をえぐる切ない悲しい瞳をしていた。

待って、悪役を演じていたことがバレてたの……？

確かに、デューク様なら見抜いていたかもしれない。けど、こんなにもあっさり言われるなんて。

「……私、デューク様に見守ってほしいなんて頼んだ覚えありませんわ」

気付けば私は、そんな言葉を発していた。最低だって分かっていたけど、悪女なら……きっとそう言うはずだもの。

悪女らしく言い返せて嬉しいはずなのに、どうして心が痛いのかしら。

「そうか、悪かった」

デューク様は苦しそうに笑った。……彼のそんな表情を初めて見た。

自分の言葉に死ぬほど後悔する。けど、口に出してしまったものは取り戻すことは出来ない。彼はそっと私の頬から手を離《はな》して立ち去っていく。

私は茫然《ぼうぜん》とその背中を見つめていた。デューク様のあの表情が頭から離れない。

無意識に発した一つの言葉に、これほど後悔する日が来るなんて思わなかった。

私のなりたかった悪女って……こんなのじゃないわ。

「アリアリって馬鹿なの？　最低だよ」

メルが私を睨む。今日聞いたなかで一番低い声だった。彼女の言葉が心に刺《さ》さる。

分かっているわ——そう口にしようと思っても私は声が出なかった。頭が混乱していると余計に何も言葉に出来なくなる。

「とはいえ、実際に心配するかしないかはデュークの独りよがりだからしょうがないかもしれないけどね」

メルはどこか諦めたようにそう呟いた。

「アリアリの事情も知らず、最低なんて言ってごめんなさい」

彼女はいきなり私に頭を下げる。メルの突然の行動に驚いた。ジルも目を丸くしてメルを見つめる。まさかここで謝られるとは思わなかった。

自分のしたことを謝れるって凄いわ。当たり前だけど、それが出来ない人がたくさんいるのに。

「でもね、デュークもこれまでなかなか大変だったと思うんだ～。そんなのアリアリには全く関係ないんだろうけど。とりあえず私の話だけでも聞いてくれる？」

私は小さく頷いた。

「キャザー・リズがね、一番最初にデューク達の所に現れた時に言った言葉が、身分なんておかしいわ、私は貴方達《あなた》とお友達になりたい、だったの。まぁ、それがアルバート様やゲイル様には新鮮で珍《めずら》しかったんだろうけど。五大貴族だからって遠慮《えんりょ》されてそんな風に声をかけてくる人がいなかったからね」

メルは苦虫を噛《か》み潰したような表情を浮かべる。

そこまでリズさんが苦手なのかしら。確かに、最初の台詞《せりふ》だけ聞くと私もうんざりすると思うけど。

というか、今更だけど、メルは主のことは呼び捨てでお兄様やゲイル様のことは様づけで呼ぶのね……。

「ずっと近くで観察してたの？」

ジルが不思議そうに聞いた。彼女は誇らしげに笑う。

「そうよ。私、気配を消すのが特技だからね」

見た目は十分派手なのに時には影《かげ》になることも出来る……。こういう人が一番怖いのよね。

「キャザー・リズって、鈍感《どんかん》で無神経で人の心に遠慮なしに入り込んでくるでしょう？好奇心旺盛《おうせい》なのは良いことだけど、空気が全く読めないの。最初はみんな遠慮なしに心に入り込まれるのをうざがるんだけど、そのうちそれが気持ち良くなっていくの」

「そうやって人の心を次々と掴んでいくってわけだ、それも無意識に」

すぐさまジルがメルの意見に同調する。メルは自分の爪《つめ》を軽く噛んで忌々《いまいま》しそうに地面を睨んだ。

可愛い顔が台無しだわ。さっきまでの軽く明るい口調が嘘みたいに重く毒のあるものに変わっている。

「メルはリズさんと直接関わったりはしなかったの？」

「私は見ているだけよ」

「そう言えば、デュークはどうしてキャザー・リズに落ちなかったんだろうね」

ジルは顎に手を添《そ》えながらそう言った。

「……ん〜、それはもっと強烈《きょうれつ》な女性を先に見ていたからじゃない？」

そう言ってメルが私の方に目を向けた。

「え？　私⁉」

普通のお嬢様ではないかもしれないことは認めるけど、私はデューク様の好みの女からはほど遠いはずよ。もしかしてリズさんより先にデューク様の脳に凄い印象を残してしまったのがまずかったかしら。でも私、基本的に悪女を目指してたし、嫌な女だったわよね……。

「アリアリの考え方ってさ、キャザー・リズと全く違うでしょ？　確かに彼女は物凄く良いことを言っているしその考え自体は間違いじゃない。けどそれは単なる理想」

そう言って笑うメルの顔に私は恐怖を覚えた。

「行動してないでしょ、彼女。けど、アリアリは現実的で未来を見ている。人によっては残酷《ざんこく》だけど、ちゃんと行動に移せるし……普通ロアナ村に行くなんて」

「え？」

私の疑問符《ぎもんふ》に、メルがハッとなり口を閉ざした。

やってしまったって表情を浮かべて私を見ている。

「どうして、メルがそれを知っているの？」

「えっと……」

「デュークから聞いたとか？　従者は主の考えに影響《えいきょう》されるから、メルにはキャザー・リズに対しての反抗心《はんこうしん》がある。それで話したこともないのにアリシアに対して好意を抱《いだ》いたってところじゃない」

ジルが当たり前のように言った。……本当にこの子十一歳かしら。

「せーいかいっ！　流石ジル君頭が良いね！　ジル君がロアナ村出身ってことを真っ先に調べたのは我が主ですから〜！　まぁ、それを知った時の主の顔は凄かったけどね。心配でたまらなかったんだろうけど、そんな表情はアリアリの前では一切《いっさい》見せていないでしょ？」

嬉しそうにメルが笑った。

表情も口調も本当にすぐ変わる。多分私が会ってきたなかで一番キャラが濃い気がするわ。

この子がどうしてゲームの中に出てこなかったのか不思議でならない。

癖《くせ》が強いけど、確実に固定ファンがつきそうなのに。

「アリアリの周りに危険がないかは常に気にしてたよ。あっ、アリアリを監視してたとかじゃないから安心してね。あのデュークにしては、随分我慢《がまん》してアリアリを見守ってたと思うよ。まぁ〜、実際頼まれてもいないのに見守るって言い方もおかしいけどね」

……最後の一言、心が痛い。自業自得《じごうじとく》だけど。

「アリアリが学園から消えて一年ぐらい経《た》った頃にね、アリアリを悪く言う声が急に増えたの。多分、もう帰ってこないって思われてたんだろうね」

メルがなんの遠慮もなく話し始めた。……私、メルと気が合いそうだわ。

「そんな状況になればなるほどデュークの機嫌《きげん》がどんどん悪くなってね。ほとんど笑わなくなって……そんな時にキャザー・リズがデュークに近づいたの。一緒《いっしょ》にお茶しましょうよって、私、貴方の笑顔を見たいわって」

いかにもリズさんらしい台詞ね。ヒロイン検定一級合格よ。

「アリアリが今想像している通りだよ。デュークは冷たくあしらったの」

「けど、キャザー・リズはデュークのその行動が何かの悲しみや寂《さび》しさから来ていると捉《とら》えて、デュークに心を開いてもらおうとどんどん関わっていこうとした」

ジルがメルの話に付け足すように言った。まるでその現場を見ていたみたいに。

メルが目を丸くしてジルを見た。

「知ってたの？」

「いや、キャザー・リズならそうするかなって。ただの憶測《おくそく》」

「へぇ〜」

「だけどキャザー・リズの無神経さにデュークは嫌気がさして、今の生徒会は生徒会長のデューク派と副会長のキャザー・リズ派に分裂してるってとこか」

「ご明察っ‼」

彼女はジルに興味を持ったみたいだ。

ジルへの態度がみるみる変わっていく様子は別に不快ではなかった。むしろ潔《いさぎよ》さが出ていて見ていて気持ちがいい。想像だけど、リズさんはきっとジルがロアナ村出身と聞いたら可哀想だっていう同情の目を向けて接する。

一方で、メルは興味の対象として観察する。そして自分が気に入ったら、相手の境遇《きょうぐう》なんか無視してとことん好きになる。

私のこと好きだって言っていたけど、それは膨大《ぼうだい》な観察をしてそう判断したのだろう。

「ねぇ、メル。今、デューク様がどこにいるか分かる？」

「多分、この時間帯だと生徒会しか入れない食堂のテラスで昼食だと思うよ。アリアリ、デュークの所に行くの？」

「そうね、言いたいことと聞きたいことがあるからね」

私はそう言って森から出ようとした。少しの間だったけど学園に通っていたからテラスまでの行き方ぐらいは覚えているもの。

私達が歩き始めると、いつの間にかメルの気配が消えていた。ジルもそれに気付いたようだ。

……こんな風に気配を一瞬で消せるなら、確かにいつどこから現れてもおかしくないわね。

「そういえば、メルってなんの属性魔法……」

「土の魔法よ」

私が小さく呟いた途中《とちゅう》でどこからともなく声が聞こえた。……まだ近くにいたのね。

というか、今土魔法って言った？　初めて会ったわ！

土の特有魔法って面白《おもしろ》いのよね。人の声を録音したり、姿を消したり……全く土に関係ないけど。

この乙女ゲームって少し変なところがあるから、土魔法がモブ的存在なのよね……。

生徒達の視線が鋭《するど》い。目の前で悪口を言われなくなったのは先ほどの女子生徒を吹っ飛ばしたのが利《き》いているからだろう。

「ここに入るの？」

ジルが食堂の前で少し顔を引きつらせながらそう言った。

食堂の人口密度ってこんなに高かったのね。この学園で一番人が多い場所ってここなんじゃないかしら。……勢いよく来たはいいけど、デューク様の所まで衆目を集め続けるのも難儀《なんぎ》なものね。

「行くわよ」

私は意気込んでそう言った。ジルも覚悟《かくご》を決めたように頷く。私達が食堂に入った瞬間、全員が喋るのをやめて私達に注目した。

あら、まさかここまで効果てきめんとは思わなかったわ。

ゆっくり歩き出すと、周りの生徒達が私に道を空けるように離れていく。

……凄いわ。私、まるで女王様みたいね。

表情には全く出さないようにして心の中で満足げに頷く。

私達を見ているその目は、驚いているものと非難するものの二種類。面識すらない人達にこんな目で見られるようになるなんて私も凄いわね。別に喋ってくれてもいいのに全員黙《だま》ったまま。食べることもやめて私を見ている。

そうやって見られることで、私の心が悪女としての達成感で満たされているなんて誰も思わないでしょう。

「まるで有名人みたいね」

私は周りに聞こえないようにジルに向かってこっそり囁《ささや》いた。

それを聞いてジルが小さくため息をつく。

「有名人みたいじゃなくて、超有名人なんだよ」

ジルが小さい声で私に向かってそう言った。

「二年も学園にいなかったのに、なんでここまで有名になったのかしら？」

「さぁ？」

「悪女としてだったらいいのに……」

「……多分、そんな感じで有名だと思うよ」

私、相当ジルに呆れられているみたいだわ。私よりも随分年下なのに。

「あそこにいるの、デュークじゃない？」

ジルが私のスカートを軽く引っ張った。

ゆっくりジルが指差している方向に目を向ける。……二階？

メルはテラスだって言っていたのに、普通に食堂の二階にいるじゃない。

大きい煌《きら》びやかなソファ、豪華なシャンデリア、優雅《ゆうが》な音楽……結局ここには、選ばれた貴族しか入れない。

それにしても懐《なつ》かしい顔ぶれ。二年間でみんなこんなに大人っぽくなるのね。……私を見る目も随分と変わったみたいだけど。

普通、実のお兄様にこんな風に睨まれることなんてないわよ。まぁ、睨んでいるというより私の顔を見て驚いているみたいだけど。久しぶりに会ったと思えば眼帯までしているんだもの、そりゃ驚くわよね。

デューク様だけ理由は違うみたいだけど。さっきの今で、まさか私がここに来るなんて思わないわよね。

私は背筋を伸《の》ばして、ゆっくり階段の方へ向かった。一段ずつ丁寧《ていねい》に上っていく。

皆、どんな表情で私を待ち受けているのかしら。

私は最後の一段を上り終える。

「お久しぶりです」

軽くお辞儀《じぎ》をして、満面の笑みを作りながらそう言った。

「アリちゃん、目、どうしたの？」

カーティス様は空気を読まないふりをしているのか、明るい口調でそう言った。

「一体なんの用だ？」

カーティス様とは正反対の表情で眉間に皺を寄せながら、アルバートお兄様は言った。

「あら、久しぶりに会った妹にそんな態度はどうかと思うわ。ここは再会のハグをする場面でしょ！」

アルバートお兄様は顔をしかめる。

一体、彼らの中で私はどんな存在になっているのかしら。多分、今日の学園の様子からすると、有難《ありがた》いことに色んな悪い噂が流れているし、物凄い悪女になっているわよね。

……それにしても、やっぱり皆様《みなさま》、乙女ゲームの攻略対象なだけに色気というか魅力《みりょく》が凄い。どんどん美しくなっていくのね。歴史に残る彫刻《ちょうこく》にでもなるのかしら。

「お前の冗談に付き合う気はない。ジェーンを気絶させたんだって？」

「ジェーンは私の友達なのよ」

アルバートお兄様の言葉に乗っかるようにしてリズさんが口を開いた。

透き通った良い声ね、と私は心の中で呟いた。

彼女にしては珍しく、かなり怒っているみたいだわ。まぁ、友達が酷い目に遭ったら怒るわよね。

「友達ねぇ」

私は嘲笑《あざわら》うように言った。

「ええ、友達よ！」

リズさんは声を張って主張する。

「でも私は友達じゃないわ。それはリズさんとジェーンさんの関係であって、私とジェーンさんのことにリズさんが口を出すのはお門違《かどちが》いというものではないの？」

その言葉に気分を害したのか、彼女は少し顔を赤くして私を睨んだ。

「それでも私の友達よ。黙っているわけにはいかないわ！」

「……彼女が私にやり返すのなら分かるわ。けど、リズさんに説教されるのはごめんよ」

私はスッと息を吸って満面の笑みで話を続けた。

「関係ないことにいちいち首突っ込まないで頂戴」

リズさんが目を見開く。信じられないって顔で私を見つめる。

「ひどい言い草だな」

ゲイル様が私を凄い形相で睨みながらそう言った。

「低俗《ていぞく》な女だ」

エリック様は吐《は》き捨《す》てるようにそう言った。

「あら、レディーに対して失礼ね」

「どこがレディーだ」

「昔、一緒に町に行った頃と比べて随分変わられましたね」

「変わったのはお前の方だろう」

「そうかしら？」

笑顔を絶やさずに首を少し傾《かし》げた。いかにもわざとらしくて悪女っぽい。これは悪女ポイント加点よ。

「そんなことよりも、私はデューク様に用があって来ましたの」

真っすぐデューク様の元に近づく。一人でソファに座っている彼から凄まじい圧力を感じた。一人だけオーラが半端《はんぱ》ないのよ。

「なんだ？」

「私の言葉に傷ついて、めそめそしているかと思っていましたわ」

デューク様が顔をしかめた。

「有難迷惑《ありがためいわく》って言葉をご存じ？」

デューク様を見据《みす》えながら、きっぱりとそう言った。ジルは私がデューク様に謝りに来たとでも思っていたのだろう。驚いて私の顔を見上げる。言葉を失うってまさにこういうことを言うのね。

「ですが、私を心配してくれたことは素直《すなお》に嬉しかったです。有難うございます」

デューク様が何かを言う前にそう言って、私はゆっくり頭を下げた。心配してくれた人にあの言い方は悪かったたって私も反省している。

今、デューク様がどんな表情をしているのかは分からない。けど、この場の空気が緊《きん》張《ちょう》と驚きに包まれているのは感じられる。

デューク様が私の方に手を伸ばす影《かげ》が見えた。

「それともう一つ」

小さい声で地面を見ながら呟き、彼の手が私の頭に触れる前に私はデューク様の胸《むな》ぐらを勢いよく片手で掴んだ。

……男の人の体って案外がっしりしているのね。

デューク様は目を瞠《みは》って私を見ている。何が起こったのか理解出来ていないようだ。

「そもそも私を見守りたいのなら、私に直接そう言ったらどうなの？　無口が格好良いなんて思わないでほしいわ。ちゃんと口にしてくださらないと分からないわよ」

デューク様は固まったまま私を見つめている。私はキュッと片方だけ口角を上げた。

「私ならデューク様を見守るのではなく、近くで守って差し上げますわよ？」

そう言って、ゆっくりデューク様の胸ぐらから手を離した。

唖然《あぜん》とするデューク様を残し、痛いくらいの視線を体で感じながら私は階段の方へ歩き始めた。

階段を下り終えたところで、上から笑い声が降ってくる。

豪雨《ごうう》のような笑い声。こんなデューク様の笑い声、初めて聞いたわよ。

私はゆっくり目線を上げる。彼は柵《さく》に肘《ひじ》をつきながら私を見下ろしていた。

その瞳は、喜びと嬉しさで満ち溢れているようにも見える。

「アリシア、これからは思ったことをどんどん口にするよ。覚悟してな」

意地悪そうにニヤッとデューク様が笑った。……まるで餌《えさ》を見つけた猛獣《もうじゅう》のような瞳ね。

「こんなデューク見たことないよ」

フィン様がデューク様を眺《なが》めながら呟いている。私もこんなデューク様は見たことがない。

「いや～、アリちゃん最強だね」

カーティス様が肩《かた》を震《ふる》わせながらそう言っている。目に涙《なみだ》まで溜《た》めている。

……そんなに笑わなくてもいいんじゃないかしら。

「最強の女の子が俺を近くで守ってくれるんだ。それは心強いな」

「俺もアリちゃんに守ってもらいたいな」

「アリシア、からかわれているね」

ジルが私の隣《となり》で少し笑いながらそう言った。

ジルも私をからかっているでしょって言いかけたが、その言葉は心の中に留《とど》めておき、

私はデューク様達に背を向けて早歩きで食堂の出入り口に向かった。

デューク様はそれ以上何も言ってこなかった。

一瞬全体がざわめいたが、この時、彼がどんな表情をしていたのかを私は知らない。

振り向いたら負けって感じがするのよね。ここは我慢よ。

……そう言えば、デューク様にウィルおじいさんのことを聞き忘れたわ。

私は食堂を出て暫くしてからそのことを思い出して歯噛《はが》みした。歩くのを止めると、額を手で覆《おお》いながら大きくため息をついたのだった。

デュークのアリシアを愛おしく思うその眼差《まなざ》しが、食堂の中にいた全生徒を魅了《みりょう》した。男女関係なくその瞳に誰もが見惚れ、ジルまでその場に釘付《くぎづ》けになっていた。アリシアだけが、自分に向けられていたデュークの優《やさ》しい愛のこもった瞳を知らない。

「アリシア」

教室に入ろうとすると後ろからデューク様の声が聞こえた。ゆっくり振り向くと、デューク様とカーティス様が並んで立っている。

なんて目立つのかしら。やっぱり凡人《ぼんじん》とは出ているオーラが全く違う。

彼らは周りの生徒達の反応に慣れているみたいだけど、私は今すぐこのキャーキャーとうるさい場所から立ち去りたい。

「なんでしょう」

私は作り笑顔で答えた。

「今日から俺達と一緒の授業を受けろ」

「はい？」

「アリちゃんはもともと特例としてこの学園に入ってきたんだし、頭も良いから大丈夫だよ」

絶対に嫌よ。今は魔法が使えないのだもの。

それにデューク様達と同じ教室ってリズさんも一緒でしょ？

彼女の前で醜態《しゅうたい》を晒《さら》すわけにはいかないわ。

「お断りしますわ」

私は満面の笑みでそう言って帰ろうとした。

「俺を近くで守るって言ったのは嘘だったのか？」

デューク様がそう言ってニヤッと笑った。

……そうだったわ。勢いでそんなことを言ったわね。

「アリちゃん、嘘つく子じゃないよね」

カーティス様……。それ、私の性格を知っていてわざと言ってますよね？

「けど、いきなり最高学年はないんじゃない？」

ジルがそこに助《たす》け舟《ぶね》を出してくれた。

ああ、ジル有難う！　そうよ、私には二年ものブランクがあるし、復帰していきなり五年も飛び級なんておかしいわ。

それに最高学年ってことはアルバートお兄様にゲイル様がいる。間違いなく険悪な雰囲気になるわ。

「じゃあ、俺がアリシアと一緒にいたいって理由なら？」

はい⁉

私は思わず口を開けてしまった。

最悪だわ、悪女は感情を表に出さないのに。というか、デューク様のキャラがさっきから崩壊《ほうかい》してない？

「それは、あまりにも勝手すぎでは？」

「思ったことを正直に口に出しただけだ」

「……無口の方が良かったわ」

「何か言ったか？」

「いえ、何も」

ああ、これは自業自得よね。私がいらないことを言ったばかりに。

けど、自分の言動に責任を持てない女なんて思われたくない。……だからといって、流石に常識外れすぎない？　どうすればいいのよ！

「いいから来い」

そう言ってデューク様はひょいと私を肩に担《かつ》ぐ。

「え？」

またこの体勢？　大勢の生徒達の前でまた私を担いでいるの？

悪女としての威厳《いげん》が……。

「降ろしてください！」

「前もしただろ」

「場所と状況が全く違うわよ！」

「その喋り方の方がいい。これから俺に敬語は使うなよ」

「どうして命令されないといけないのよ！」

私が必死に暴れてもデューク様はがっちりと私を摑んでいてびくともしない。

「カーティス、行くぞ」

「了解《りょうかい》……君も担いだ方がいい？」

カーティス様はジルの方を見てそう言った。

ジルは勢いよく首を横に振る。ちょっと、ジル、裏切らないでよ。私を助けてよ。

「これは誘拐《ゆうかい》です！」

「喋り方」

「デューク様に従うなんて一言も言っていないですわ」

「アリシアの大好きなリズも教室にいるぞ？」

そう言って、デューク様が意地悪な笑みを浮かべる。

……わざとだ。こんなにも意地悪だったなんて。前から薄々《うすうす》感じてはいたけど……。

もしかして、私が魔法を使えないこと分かっているんじゃ。レベル１００のデューク様なら気付いていてもおかしくないわ。

なんにしてもリズさんの側《そば》に行って何かあった時に対処出来なかったら悪女の名が廃《すた》る！

「あの……いざという時はフォローしてくださいます？」

遠回しにそう聞いた。

「自力でどうにかするのが好きなんじゃないのか？」

デューク様は私の魂胆《こんたん》なんかお見通しのようだ。

……自分の発言をこんなに悔《く》いる日が来るなんて。悪女も楽じゃないわ。

「大丈夫、デュークは絶対助けてくれるよ」

そう言ってカーティス様がデューク様に聞こえないように私の耳元で囁いた。

「いい加減降ろしてください」

「本当に強情《ごうじょう》だな」

そう言ってデューク様はようやく私を優しく降ろした。勿論《もちろん》、デューク様達の教室に入ってからだ。

ああ、物凄く注目されているわ。学園一の嫌われ者が学園一の人気者に担がれて教室に入って来たんだもの……。

「なんでアリシアがここにいるんだ？」

真っ先にアルバートお兄様がそう言った。一番後ろの席から私を見ている。

なんだか前世の世界でいう大学みたいな教室ね。大部屋だし……。

ざっと見渡した感じだと、後ろになればなるほど位が高くなっているみたいね。

「アリシアは今日から俺達と一緒に授業を受ける」

デューク様が無表情でそう言った。

デューク様って、アルバートお兄様に対してこんな態度をとる方だったかしら。

「その少年も一緒に？」

ゲイル様が怪訝《けげん》な表情でジルを見つめた。ジルは物怖《ものお》じすることなくゲイル様をじっと睨む。……正直なところ、早くここから立ち去りたいわ。こんな雰囲気で授業を受けても何も身につかない気がするもの。

「ほら、早く席に着きなさい」

後ろから柔《やわ》らかい穏《おだ》やかな声が聞こえた。

この声って……。

私はゆっくり振り向く。彼はたしか、二年前にリズさんの論文を渡してくれた方。少し小太りで、丸い眼鏡をかけた優しそうなおじいさん先生。

「ジョン先生？」

私がそう言うとジョン先生は意外そうな顔でこちらを見た。

「おお、私のことを覚えてくれていたのか」

ジョン先生は笑って温かい笑顔を私に向けてくれた。

あら、なんだか新鮮だわ。この学園で私にそんな風に笑いかけてくれるなんて。

「ジョン先生、今日からアリシアはここで授業を受けます」

デューク様がジョン先生の目を見ながらそう言った。

聞くんじゃなくて、断言するのね。そんなに圧力をかけなくてもいいんじゃないかしら。別に厄介《やっかい》な頑固《がんこ》じじい……おじいさんってわけじゃないんだし。

ジョン先生みたいな人をおじいさんって言うと思うのよね。そう考えるとウィルおじいさんってまだおじさんよね。最初に見た時は私が結構幼かったからおじいさんって思っただけなんだわ。

「わかった」

そう言って快くジョン先生は承諾《しょうだく》してくれた。

……断ってほしかったわ。

私の願望は一瞬で消え去った。

デューク様は私の手首を握《にぎ》って一段ずつ階段を上り始めた。一番奥の一番高い席が五大貴族の座る場所のようだ。例外としてリズさんも座っているけど。

ああ、行きたくない。

けど、私は逃げないわよ。逃げてもすぐデューク様に捕《つか》まるだろうし。

教室全員からの視線が私に向けられているのが分かる。今日は何かと注目される日ね。

そして私はデューク様にされるがまま、席についた。

なんて居心地《いごこち》が悪いのかしら。

前にいる生徒達からちらちらと視線は感じるし、ゲイル様やアルバートお兄様には睨まれるし、リズさんに訝しげな目で見られて、カーティス様とデューク様は楽しそうな顔でその様子を見ていて、ジルは目を輝《かがや》かせながらジョン先生の講義を真剣に聞いている……。

「じゃあ、この問題が分かる者は？」

ジョン先生が生徒全員に向かってそう言った。

ちらほらと手が挙がる。リズさんも手を挙げている。真面目なのね。

「はい」

隣でジルが手を高く挙げた。嘘でしょ。私は思わずジルを凝視した。

貴方と九つも違う年齢《ねんれい》の人達が受けている講義よ？

「おお。君は……」

「ジルです」

ジョン先生がジルの方を見て驚いた表情を浮かべた。一斉《いっせい》にジルに視線が集まる。

「どうせ目立ちたいから挙げただけだろ」

「子どもに分かるわけないわ」

「やっぱりあの女の隣にいるだけのことはあるな」

「授業の邪魔よね」

ちらほらそんな声が聞こえた。ジルは周囲の声に全く頓着《とんちゃく》していない。

「じゃあ、ジル。斑点病《はんてんびょう》はなんの薬草で治ると思う？」

斑点病は体中に緑色の斑点が出来て、そのまま死に至る病。

たしか、原因不明で発症《はっしょう》するのよね。そして今、ジョン先生が聞いた薬草はすごく重宝されている。

「マディ」

ジルは落ち着いた声でそう言った。

「マディは高い崖《がけ》の上に咲《さ》くと言われている花で、一年に数本しか採取出来ない。ちなみに、斑点病が一番発症している国はラヴァール国。つまり、斑点病の原因がラヴァール国にある可能性が高い」

ジルが灰色の目を光らせながら淡々《たんたん》と話している。この教室にいる全員が彼に注目していた。ジョン先生もまさか原因についてまで答えられるとは思わなかったのか、目を大きく見開いて彼をじっと見つめる。

ジルったら、いつの間にそんなに賢くなったの……。

「その通りだ。ラヴァール国に斑点病の原因があると考えられているんだ。お見事」

そう言って、ジョン先生が柔らかく笑った。

「ラヴァール国にはデイゴン川という世界最長の川が流れているが、その川は世界で一番汚《きたな》いと言われている。つまりデイゴン川特有の菌《きん》が斑点病の原因なのではないかと私は考えている」

ジョン先生が生徒全員に語り始めた。

ジルは貴族ではない。魔法が使えなくて無力なことを物凄く自覚している。だから、頭だけは誰よりも賢くなろうとしているのだろう。

「ジルって凄いな」

カーティス様がジルの方を見てそう言った。

凄いなんてものじゃない。彼が二十歳《はたち》になったら世界で最も賢い学者になるかもしれないわよ。世界一の悪女と世界一の学者、最高の組み合わせね。思わずにやけてしまうわ。

「青は藍《あい》より出《い》でて藍より青し」

私は小さくジルを見ながら呟いた。

「何それ？」

ジルはきょとんとしながら私に聞いた。……前の世界の言葉で、弟子《でし》が師よりも優《すぐ》れている、というたとえのことを言う。

「さあね」

私は薄く笑ってそう誤魔化《ごまか》した。

授業が終わった後、私はようやくジルと二人で人気のない中庭のベンチに座ってこれからのことを考えることができた。

「お屋敷《やしき》に帰るのはまずいわよね」

「誰かがもうアーノルドにアリシアのことを報告している気がするんだけど」

「やっぱりそうよね」

「どうしても帰りたくないのなら、暫くの間、デュークの所で過ごしたら？」

「はい？」

婚約しているわけでもないのに流石に無理よ。

ジルは真剣な顔でそのまま話を続けた。

「デュークなら事情も分かってくれると思うし……それにアリシアは一度デュークとの婚約を考えてみてもいいんじゃない？」

「そうね。私とデューク様が婚約なんてありえないもの」

「……どうだろ」

ジルは小さい声でそう呟いた。

「アリシア！」

ん？　聞き覚えのあるこの声は……。私は相手の顔を見る前に抱きつかれた。

普通、感動の再会はこういう反応よね。一応、さっき食堂で会ってはいるんだけど。それにしても力が強いわね。

「……あの、苦しいですわ、ヘンリお兄様」

私がそう言うと、ヘンリお兄様は腕の力を緩《ゆる》めてくれた。

まだ抱きついたままなの？

「さっきは驚いた」

ヘンリお兄様は私にしがみつきながらそう言った。彼が物凄く私のことを心配してくれていたのがよく分かる。ヘンリお兄様はゆっくり手を離すと私の顔をじっと見た。

……少し背が高くなったかしら？

私も高くなったけど、ヘンリお兄様も結構高くなったわよね。

「大きくなったな」

そう言って、ヘンリお兄様は私の頭を撫《な》でてくれた。

「そんなに心配してくれたのですか？」

「そりゃな。まぁ、デュークに比べたらそこまでじゃないかもしれないけど」

「デューク様が？　本当だったのね……」

これまでのデューク様に、そんな素振《そぶ》りは見られなかったもの。感動のハグもなかったし……。

「あいつがアリのことを一番心配してたのは間違いないぞ」

そういえば、森の中で会った時、平然としていたような気がするけど、呼吸が荒かったし、髪も少しだけ乱れていたような……。

急いで私の元に駆けつけてくれたのかしら。あの時は、デューク様が現れたことに驚いていたし、何よりメルの方に意識がいっていたからあんまり気にしていなかったのよね。

「そんなことよりアリの噂が凄いことになってて」

「ええ、知っていますわ」

「それで、その噂を消すためにデュークが」

「噂を消すですって⁉」

「まぁ、話を最後まで聞けって。アリの悪口を消すためにデュークはどうしたと思う？」

……まさかの質問形式？

私に分かるわけないじゃない。……でもデューク様って結構優しいからそんなに恐ろしいことはしていないと思うんだけど。

「停学、とかですか？」

私がそう言うと、ヘンリお兄様は鼻で笑った。

「その程度なら良かったんだけどな」

「優しいのはアリシア限定だと思うよ。デュークってああ見えて冷たいよ、信頼《しんらい》している人間以外ね」

ジルが無表情で口を挟《はさ》む。

「ジル、言いすぎよ。いくらなんでもデューク様はそこまで冷たくないわ」

「へぇ、アリシアにはそう見えているのか。俺、初めてデュークを見た時は背筋が凍ったぜ」

「それは……美しすぎて？」

私が本当に分からずに聞くと、ヘンリお兄様は軽く笑った。

「それもあるけど……子どものくせにびっくりするぐらい大人びた表情してたんだ。しかも誰かを凍らせそうなほど目が冷たくて」

私と最初に会った時はそんな風に感じなかったわ。

「でも、ヘンリお兄様達とは仲が良いじゃないですか？」

「まあな。俺達と口をきいてくれるまでもそこそこ時間がかかったけどな」

「今はもうアルバート達とは上辺の付き合いになっているんじゃない？」

「そうだろうな。デュークも大人だから表情には出さないようにしているけど、アリシアの悪口を言っていた時は殺気が凄かった」

「そういえば、私の悪口を言った人達は結局どうなったのですか？」

私は先ほどの回答がまだだったのを思い出して尋《たず》ねた。

ヘンリお兄様は少し間を置いて、顔をしかめながら答える。

「二人とも学校に来なくなったな。そっからほとんどデュークの前で悪口を言う奴《やつ》はいなくなったんだ」

「え?」

「アル兄達も、デュークの前では一切アリの悪口を言わなくなった」

不登校にさせちゃうなんて……。デューク様、一体どんなことをしたのかしら。

というか、それでもいまだに人気があるって凄いわよね。やっぱり世の中、顔ってこと

デューク様に重い過去があるのはゲームでやったから微《かす》かに覚えている。詳《くわ》しい内容は忘れてしまったけど……。

たしか、だんだんヒロインに惹《ひ》かれていくうちにその本性《ほんしょう》が明らかになっていくんじゃなかったかしら……あれ？　だけど今は私と関わったせいでシナリオが変わっている？

悪女の私と絡《から》んだから？　……そうなると、デューク様はゲーム通り恐ろしい一面を持ったままなのかしら？

「だけど、今日は久々にデュークの笑ったところを見たな」

ヘンリお兄様が軽く口角を上げながら嬉しそうに言う。

「色々聞きたいことがありますが……もう全て本人に聞いた方が早そうね」

私はヘンリお兄様に笑顔を向けてからその場を立ち去ろうとした。

「そういやアリ、その目はどうしたんだ？」

「今頃!?」

私が言う前にジルがそう突っ込んでくれた。

「聞くタイミングを逃《のが》したんだよ」

ヘンリお兄様には言った方が良いのかしら。謎《なぞ》のままにしておいた方がいいのかしら。

メルとデューク様は知っているけど……多分口外はしないだろうし。

「言いたくないなら別に無理に聞かないぞ。……格好良いな、眼帯」

そう言ってヘンリお兄様はクシャッと笑った。

「僕が作ったんだ」

「ジルが？　器用だな」

「でしょ？　アリシアってば、片目だけでも迫力《はくりょく》あるよね」

ジルが気を遣って話をずらそうとしてくれる。

……今、ここには誰もいないし、言うなら今よね。ヘンリお兄様ならきっと私の事情を察してくれるはず。

「ある方に目を差し上げたの」

私はヘンリお兄様を真っすぐ見ながらそう言った。彼は一瞬目を見開いたが、その後、私の頭を軽く撫でてくれた。

「アリにはいつも驚かされるな。アリが決めたことだろうから俺は何も言わない」

「私、ヘンリお兄様のそういうところが好きです」

「そりゃどうも。……だけど絶対、デュークは怒るだろうな」

「もう怒られた……というより、呆れられました」

「言ったのか⁉」

ヘンリお兄様が大声を上げた。

「だから、先ほど食堂に行ったのよ」

そう言うと、ヘンリお兄様は私の方をじっと見ながら何か考え出した。

まぁ、あの時の私の態度からしてデューク様に目のことを話したとは想像出来ないでしょうけど。……今思えば、私、大勢の前でかなり大胆《だいたん》なことをしたわよね。

王子の胸ぐらを摑むなんてまさに悪女だわ！

あれだけで、歴史に名を……って、そんなに甘くないわね。

「それでデュークの奴、あんなに機嫌が悪かったのか」

ヘンリお兄様は納得《なっとく》したかのように苦笑《くしょう》した。

「では私はこれで」

「あ、あともう一つ」

立ち去ろうとすると腕を摑んで止められた。

「レベル90は習得出来たのか？」

ヘンリお兄様は私の目を見据えてそう言った。

あぁ……それだけは聞かれたくなかったのに！

私は心の中で叫《さけ》んだ。

「ヘンリお兄様、なんておっしゃったのですか？」

「だからレベル90は」

「レベルさんというお方が九十歳になったのですか？　それは凄いですわ」

ジルがそれは苦しいだろうという顔で私を見る。

無理があることぐらい分かっているわよ。けど、咄嗟になんて言えばいいのよ。

「おいアリ、わざとだろ」

「レベルは……91ですわ」

「なんだ、習得出来てたのか。良かった……。え、91？」

90も91も別に変わらないと思うんだけど、そんなに驚いてもらえるのね。

「ただ……いえ、なんでもないですわ」

「ただ、なんだ？」

「あ、デュークだ」

「ジル、流石にそんな手には引っかからないぞ」

「本当に来ているんだって」

ジルは少し声を張りながら私の後ろを指差した。ヘンリお兄様がそっとジルの指差している方に目を向ける。勿論、私を逃がさないように腕を掴んだまま。

私もゆっくり振り返る。……本当だわ。デューク様が私達の方に向かって歩いてきている。デューク様にも聞きたいことがあるけれど、今はここから逃げることが先決！

こうなったら……最後の手段よ。

私はヘンリお兄様の足を思いっきり力を込《こ》めて踏《ふ》んだ。ヘンリお兄様は声にならない声を上げて蹲《うずくま》る。

私の靴、ヒールだから相当痛いはず……。

「ジル！　行くわよ！」

ヘンリお兄様の手が離れた隙《すき》に、私はジルに向かって叫んで走り出した。彼も慌《あわ》てて走り出す。

「ジル！　もっと速く！」

ジルは本を抱《かか》えているから走るのが遅《おそ》い。それに普段鍛えている私と比べてジルは全く体力がない。

「アリ！　待てって！」

ヘンリお兄様の叫び声が後ろの方から聞こえる。デューク様の笑い声も微かに聞こえた気がした。

私はジルの側に駆け寄って抱きかかえた。そしてそのまま肩に担いで走る。こっちの方が断然速い。周りの視線なんか今は気にしている場合じゃないわ。

「ちょっとアリ？　降ろしてよ！」

「じっとしてて！　捕まったらそこで終わりなのよ！」

「……信じられない」

ジルの深いため息が聞こえた。私はジルを抱えたまま魔法学園を出る。

傍《はた》から見たら小さい子を攫《さら》った誘拐犯みたいになっているわよね。今の行動は悪女としてのポイントが加点されるわ！

ヘンリお兄様が追いかけてきていないのを確認してから、私はジルを地面に降ろした。

「どうするの？　このまま歩いて家に帰るの？」

「そういうことになるわね」

「アリシアって……馬鹿なの？」

ジルが呆れを通り越して何かを諦めたような表情で私を見る。

「どうして？　あそこから立ち去る策を考えたんだからむしろ賢いって言ってほしいわ」

「家に帰ってもアーノルドに見つかったら終わりじゃん」

「だから！　一週間また小屋で生活すればいいのよ」

「アーノルドが、僕にアリシアが今日小屋から出て来るのを教えたんだよ。それって意味ないんじゃない？」

「小屋には鍵《かぎ》をかけられるし、大丈夫よ！　そうね、……こっそり生活作戦！」

「ダサっ！　やっぱり小屋で二年間も一人だったから頭のねじが何個か取れたんだろうね」

なかなか毒舌《どくぜつ》。

確かに作戦名はダサいけど、なかなかいい案よ。小屋にはちゃんとお風呂《ふろ》もあるし……。ていうか、これが一番安全でシンプルな案だわ。むしろこれ以外にどうしようもないもの。

「僕、なんだか疲《つか》れたよ」

「私もよ」

私達は少しずつ会話を挟みながら家まで自分達の足で帰った。


「結局昨日、ウィルおじいさんの所に行き忘れたわね」

「そうだね、家に帰ったらもう真っ暗だったたし、疲れていたからね」

なんとか今日もお父様にバレずにこっそり学園まで来られたけど……この状態が暫く続くのは苦しいわね。

昨日の出来事を、もしアルバートお兄様やアランお兄様が報告していたら……。

それに、御者《ぎょしゃ》が黙っているはずないもの。絶対に彼がお父様に報告しているわ。

でも馬車に乗らないと学園まで物凄く時間がかかる。私は鍛えているから大丈夫だけど、ジルに申し訳ないわ。でも今は、いつまでお父様から逃げ続けられるか勝負よ！

「アリシア様」

私が心の中で勝手にお父様への挑戦状《ちょうせんじょう》を叩きつけていると、突然少し高めの柔らかい声が響いた。振り返ると、見たことのない女の子が立っている。ザ・モブキャラって感じの子。これといって特徴《とくちょう》がない。

茶色い髪を二つに結び、焦《こ》げ茶色《ちゃいろ》の瞳に、顔は……普通。

「何か用かしら？」

「あの……少しついてきてほしいんです」

「はい？」

「だからっ！　あのっ……えっと」

「どうして？」

「え？」

「どうしてついてきてほしいの？」

そう返すと女の子は黙ったままおどおどし始めた。

いくらなんでも怪《あや》しすぎる。好奇心旺盛でも私はどこかの巻き込まれ型主人公みたいにのこのこ知らない人についていったりはしないわ。

「理由を教えて」

「えっと……その」

「ちゃんと答えられないの？　人にものを頼む時ははっきり伝えなさい」

「……ごめんなさい」

「謝られても困るわ。私は理由を聞きたいの」

「いえっ、あの……失礼しますっ！」

そう言って女の子は走り去って行った。

一体なんだったの。誰かに脅されているとか？

「……怪しすぎるのが逆に怪しい」

「そこまで深読みする必要はないんじゃない？　気の弱そうな女の子だったし」

私達はそれ以上特に彼女を気にすることなく、そのまま校舎に向かった。

なんとか逃げ回り、デューク様達と同じ授業を受けずに午前中は過ごせた。

周囲の視線はやっぱり物凄かったけど……デューク様と一緒に授業を受けるよりはましだわ。……私の魔法が戻らない限りはこのまま逃げ続けないと。

「ジルはデューク様達と授業を受けてもいいのよ？」

「僕はアリシアと一緒にいるよ」

ジルは微笑みながらそう答える。

食堂に向かうと、またも一斉に皆が私に注目してきた。

しかも昨日は驚いた目を向けられることが多かったが、今日は非難の目の方が多い。

……何？

敵意、怒り、軽蔑、色々な感情が私に向けられている。

明確に私がこういう視線をぶつけられるだけの何かをしたのならいいんだけど、そこまで私が何かをした覚えはない。理由が知りたいわね。

だけど、悪女としては大歓迎《だいかんげい》だわ！

もし悪女検定がこの世にあったら私、間違いなく一番上の資格を取っているわね。

「来たわよ」

そう呟いた女子生徒の目は明らかに私に敵愾心《てきがいしん》を持っていた。

『ちゃんと答えられないの？』

いきなり私の声がどこからか聞こえた。さっき私が女子生徒に向かって言った言葉だ。

『ちゃんと答えられないの？』

馬鹿にしたような棘《とげ》のある言葉が繰り返し食堂に響く。

……自分の声を何回も聞くって恥《は》ずかしいわね。

これって魔法よね？　声を記録する……なんの魔法だったかしら……ああ、出てこないわ。忘れてしまうなんて私も勉強不足ね。

「どなたか知らないけれど、止めてくださらない？」

少し口角を上げてそう言った。二階を一瞥したが今日はそこに誰もいない。

どうせならリズさん達の前でこんな下世話な真似《まね》をすればいいのに。

「どうして？　自分の言った言葉でしょ？　堂々としていればいいじゃない！」

一人の女子生徒が口を開く。

いかにもな優等生で間違いなくリズさんの友達って感じね。というか、どうしてさっき私と話した相手じゃないこの人が文句を言うのかしら。

前髪《まえがみ》を七三分けにして、髪の毛を耳の下で一つにまとめた容姿……枝毛だらけで野暮《やぼ》ったい。

「何じろじろ見ているのよ」

「ああ、ごめんなさい。なんだか貴女、魅力がないな～と思って」

「なんですって!?」

目くじらを立てて、その女子生徒は怒鳴《どな》った。

……鼓膜《こまく》が破れそう。なんて声を出すのかしら。もしかして私の耳を潰すって作戦？

もはや周囲の視線は非難や軽蔑というより、私をこの学園から消したいっていう意思の方が強いみたい。歴代の悪女達は皆こういった困難を乗り越えてきたのよね。負けていられないわ。

「何しているの？」

後ろからリズさんの声が聞こえた。

なんてタイミング！　素晴《すば》らしいわ！　そうそう、ヒロインはこういうところで登場しないとね。きっと運営も喜んでいるわよ。

「にやけないで、アリシア」

ジルは小さな声で私に言った。もはや呆れた顔もせずに真顔だ。

リズさんの後ろにはいつものメンバー。

食堂の女子達はこんな状況でも彼らの登場に黄色い声を上げて騒いでいる。

「どうしたの？」

リズさんがそう聞くと、さっきの女子生徒が私を押しのけてリズさんの元へ駆け寄っていく。美形集団に色目を使いながらリズさんに話し始めた。

「リズ様！　私、とっても酷《ひど》いことを言われたんです。彼女がマリカにも酷いことを言っていて」

いちいち男性陣《じん》の方を見ないでほしい。話す時はちゃんと相手の目を見て話せって教わらなかったのかしら。

貴女の崇拝しているリズさんにも失礼な態度を取っているって自覚した方がいいわよ。

……それに、人を指差すってのもいただけないわね。

「ねぇ、貴女、人のことをとやかく言う前に自分の態度を改めなさいよ」

私は彼女を睨みながらそう言った。彼女は一瞬怖気づいたように見えたけど、すぐに声を上げる。

「マリカッ！　もう一度聞かせて頂戴《ちょうだい》！」

「え⁉　あっ……はいっ！」

優等生風の女子生徒がさっき私に声を掛けてきた女子生徒に強めの口調でそう言った。

さっきの怪しい女の子の名前、マリカっていうのね。こっちの世界では珍しい名前だわ。

『ちゃんと答えられないの？』

するといい、私の声がどこからともなく流れた。

『……ごめんなさい』

『謝られても困るわ』

先ほどの会話だ。だけど、部分的に端折《はしょ》って流されてる。

「謝ってるのに、許そうともしないなんて」

「きつい口調で追い詰めたんだわ」

周囲の視線の意味がようやく分かった。彼女を虐《いじ》めているように聞こえるよう、編集して流したのね。悪くない手だわ。なかなかやるじゃない！

「メル」

デューク様の澄《す》んだ声が微かに聞こえた。

……ん？　メル？

「うふふふふ」

するとまたあの少し不気味な高い笑い声が聞こえた。ふわりと甘い香りが漂う。

「はいはーい」

「ゲッ」

いつの間にかメルはにこっと笑いながら私の隣にいた。ジルが嫌そうに声を上げる。

「貴女たしか……？」

リズさんが首を少し傾げる。その瞬間、メルが目つきを変えてリズさんに近寄った。

「私のこと覚えてくれてたんですか？　一度しかお会いしたことないのに～！　メル感激！」

文面だと物凄く良い意味に聞こえるはずなのに……どうしてこんなにも背筋がゾワッと

するのかしら。

声の調子は明るいのにどこか敵対心がある。そして何よりも目つきが尋常《じんじょう》じゃないほど鋭い。

視線殺しって技《わざ》があれば確実に優勝出来るんじゃないかしら。可愛い大きな瞳でお人形みたいな顔なのに、怒らせたら般若《はんにゃ》だわ。

「そんな複雑そうな顔しないでくださいよ〜。私は役目を終えればここからすぐに消えますって」

メルは満面の笑みを浮かべながら話を続ける。

「私、さっきの音声が流れた現場を見ていたんですけど〜」

彼女は全員をからかうように体をくねくねし始めた。

デューク様は冷たい目でメルを急《せ》かす。

「とっとと話せ」

「チェッ、分かったよ」

メルは彼の言葉に口をとがらせる。

『何か用かしら？　あの……少しついてきてほしいんです　はい？　だからっ！　あのっ……えっと　どうして？　え？　どうしてついてきてほしいの？　理由を教えて　えっと……その　ちゃんと答えられないの？　人にものを頼む時ははっきり伝えなさい』

改めて先ほどの女子生徒とした会話が食堂に流れ始めた。

おお、一言一句再現されてる。……凄いわ。

「土属性特有の魔法だ」

ジルが横で小さく呟く。

なるほど。土魔法って凄いのね。……でも全く土属性感ないわよね。このゲーム、魔法に関しては雑に作りすぎじゃない？

「何よこれっ！」

リズさんの隣にいた女子生徒が声を震わせながら叫んだ。

食堂がざわざわし始めている。さっきまでの私に対する空気が今度は彼女に向けられているみたい。

「どうしてそんなに焦ってるの？　ふふふ」

一瞬メルが悪魔《あくま》に見えた。見た目は天使、中身は悪魔……。

「この魔法を使うならちゃんと周りに同じ魔法の人がいないか確認しないと～！　って私、姿消してるから見えないかっ！　テヘ」

メルは可愛い声でそう言って舌を出した。誰もメルのペースについていけない。

「もういいぞ、メル」

デューク様が落ち着いた声でそう言った。多分この状況でメルに声を掛けられるのはデユーク様だけだ。

「もうっ！　本当にデュークって人使いが荒いよね～」

メルは少し頬を膨《ふく》らませながらそう言ったのと同時に姿を消した。

……幽霊《ゆうれい》みたい。

「幽霊みたいだね」

ジルが目を少し見開きながらそう言った。

あら、以心伝心ね。

「どういうこと？　ちゃんと説明して」

リズさんが少し怒った口調で女子生徒に向かってそう言った。マリカは急にばつが悪そうに慌て出す。

私を陥《おとしい》れようなんて貴女には無理ね、私は心の中でそう呟いた。

「あの……リズ様、でも……」

「何？」

「私も彼女に魅力がないって暴言を吐かれましたわ！」

女子生徒は声を張り上げて私を指差す。

「話の状況がよく見えないのだけど」

リズさんは困惑《こんわく》した表情を浮かべる。

「ええ。私が確かに、彼女には魅力がないって言ったのよ」

ため息をつきながら私は口を開く。彼女の言っていることは支離滅裂《しりめつれつ》で理解に苦しむけれど、事実はちゃんと伝えないとね。

「アリシアちゃん……どうしてそんなことを言ったの？」

「私がそう思ったからよ」

「彼女は十分魅力的じゃないっ！」

リズさんは声を大きくしてそう言った。

怒れば怒るほどそのエメラルドグリーンの瞳が輝いて見える。

「人を公衆の面前で陥れようとする人間が？」

私は嘲笑いながら彼女の方を少し睨む。

「それは……確かに良くないことだわ。でも彼女は十分魅力的な女の子よ」

「確かに、卑劣《ひれつ》で低俗なことを行うところは魅力的かもしれないわね」

「……なっ」

私の言葉を聞いてリズさんは言葉を失ったみたいだ。

「リズさんは、彼女のどこが魅力的だと思うの？」

「……エマは優しいし、気配りが出来て信頼もあって、素敵な子よ」

ふむふむ。彼女はエマっていうのね。

「見た目は？」

「え？」

「だから……彼女の内面の話じゃなくて外見の魅力を聞いているの」

私はエマを見据えながら言葉を発する。

「外見？」

リズさんは眉間に皺を寄せる。食堂はいつの間にか静まり返っていて緊張感が漂う。

「そうよ、外見。彼女の外面を評価してほしいの」

「……そんなこと意味ないわ。……見た目が全てじゃないもの」

リズさんが私に真剣な眼差しを向けながら言った。

人は見た目じゃない――リズさんなら絶対そう言うと思っていたわ！　その言葉を期待していたのよ！

「何も飾《かざ》らないありのままの彼女が、私は好きなのよ」

リズさんは自分の考えが正しいと主張するかのように声を張り上げる。

周りのリズさん信者達はその言葉に感動し、大きく頷いている。

「好きとか嫌いとかの問題じゃなくて、評価の話をしているのよ。世の中、見た目が全てよ」

「それは間違っているわ」

「そうかしら？」

「そうだ！　そうだ！」

「貴女みたいに中身が最低な人はここからいなくなるべきだわ」

いきなり周囲が騒がしくなった。まるで動物園みたい。外野は黙っていてほしいわ。

「ぼろぼろの布を体に巻きつけた人と身なりを綺麗にしている人を道端《みちばた》に倒れさせる実験があったのをご存じ？」

私がそう言うと、周囲はまた静かになった。

「どういう結果になったと思います？」

私が探《さぐ》るようにリズさんを見ながら重ねて尋ねると、彼女は口を閉ざした。

……やっぱり、物分かりは良いのよね。流石聖女様だわ。

「ぼろぼろの布を体に巻きつけた人は誰もが見て見ぬふりをして過ぎ去っていく。けど身なりを綺麗にしている人にはすぐに助けを呼んであげるのよ。二人とも同じ人なのに」

私は軽く口角を上げた。

「人間はね、どこかで人を選んで生きているのよ、無意識のうちにね」

「それとエマの魅力がないっていうのは、関係ないわ」

……エマはリズさんの隣で頷きながら私を見る。

「私がエマさんの外見を評価するなら……三点かしら」

私が全身くまなく彼女を見てそう告げると、エマは顔を林檎《りんご》みたいに赤くして口を大きく開けた。

リズさんも同じ顔をして私を見つめる。

「アリシア、逆にどこに点数あげられたの？」

「慈悲《じひ》で三点あげたのよ」

ジルの言葉に即答《そくとう》する。

「アリシアから慈悲という言葉が出るなんてね」

「失礼ね」

「撤回《てっかい》して！　彼女は可愛らしいし、だめなところなんて一つもないわ！」

リズさんが目を吊《つ》り上《あ》げて叫んだ。

今の私達の対立を写真に残しておきたいわ。悪女と戦う聖女って感じ。素晴らしいわ！

「はぁ……じゃあ教えてあげる。エマさんは貴族よね？　それなのに枝毛も多く、今時七三、で伝わるかしら、その髪型《かみがた》はないわ。スカート丈《たけ》も無駄に長くて足が太く見えるし、洗練された着こなしとはほど遠《とお》い。……そんな見た目の彼女と、関わりたいとは思わないのよね」

向こうも私と関わりたいなんて一ミリも思っていないだろうけど。

エマの瞳が光る。私に対しての憎《にく》しみなのか怒りなのか悔《くや》しさなのかは分からない。

「別に素朴《そぼく》が悪いって言っているんじゃないわ。ただ自分を磨《みが》く努力をしていないって思ったのよ」

「彼女のことをよく知らないのに無責任なこと言わないで」

「よく知らないからこそ、他人にそういう判断をされるって言ってるのよ。現に私が眼帯をしていることで私を気味悪く見る人だっているじゃない。もし、私の心が最高に綺麗だとしても、私の中身を知らない人からすればただの気持ち悪い女でしょう？」

リズさんは納得した表情を浮かべた。

おお！　これはこのまま押せば彼女も考え方を変えてくれるんじゃないかしら。監視役として、すごくいい仕事をしているわよ。

「見た目以外にも行動一つにしてもそうよ。口に手を添えて笑うのと、口を大きく開けて笑うのとでは、随分と印象が違うわ。見た目も行動もその人を表すのよ。彼女はそれを怠《おこた》った上に下劣《げれつ》な真似をした……それだけでどれだけの人間が黙って彼女の前から消えていくのかしら」

私は華麗《かれい》に微笑む。エマは少し怯えた表情をして後退《あとずさ》った。

「自分で自分の価値を下げているのよ」

「そうだとしても、これから直せばいいわ」

リズさんが開き直ったように言う。

……よしよし、これはひとまず私の言っていることを理解してくれたって捉えていいわよね？

「一度人に与《あた》えた印象を変えるのはとっても難しいのよ。どこかで、そういう人なんだなって思いながらその人を見てしまう」

「その考え方はおかしいわ。そんな風に見なければいいだけでしょう」

「それは綺麗事《きれいごと》だわ。良い印象はこつこつと積み上げて作っていくものなの……リズさんみたいにね。でも、その印象は一つの些細《ささい》な言動で簡単に崩れてしまったりするのよ」

「彼女は……今からでも十分自分を変えることが出来るわ」

リズさんが真剣な瞳を真っすぐ私に向ける。

本当に彼女が変われると信じている目だわ。だから、リズさんは皆から愛されるのよね。

「そうね。私には彼女のことは分からないし、彼女なら出来るのかもしれないわ。……でも、全ての人がそうだと思うのは貴女の独りよがりよ」

「!!」

私はリズさんの監視役なんだから、このくらい言っても罰《ばち》は当たらないわよね。さすがのリズさんも、もう反論はないみたい。すっきりしたわ！

それにしても、まさか自分の声が録音されているなんて思いもしなかったわ。罠にはめられるなんて、私もかなりの大物悪女になってきたんじゃない。

さて、これ以上ここにいても意味ないし、そろそろ退場したいわ。

……ああ、そうだわ！

ハッとして、エマの元へゆっくり向かう。静寂《せいじゃく》の中、私の歩く音だけが響く。

エマは私を少し怯えた目で見た。

「貴女の愛するリズさんは貴女をありのままでも魅力的だって言っているのだから、そのそばかす、もう隠すのをやめたら？」

私は彼女の耳元でそう囁いた。彼女は血相を変えて、目を見開く。

「どうして……分かった……の」

彼女はかすれる声で私を見ながらそう言った。

分かったのは本当にたまたまだったんだけどね。よく見たらうっすらと見えただけ。そばかすを隠すだけ容姿を気遣《きづか》えるのだから、彼女はこれから、もっと自分を磨く努力をすべきだわ。

そうして私はそのまま食堂を出ようとした。

お兄様達が堂々と歩く私に道を空ける。勿論、視線は物凄く鋭いけど。

カーティス様やデューク様は相変わらず面白そうに私を見ている。こんな状況を楽しめる彼らって精神年齢七十歳ぐらいなんじゃないの？

「アリシアちゃん……貴女、このままだといつか独りぼっちになっちゃうわよ」

私が食堂を出ようとした瞬間、リズさんの澄んだ声が聞こえた。いつかっていうか、もうほとんど独りぼっちなんだけどね。

それに、ジルが私の側にいてくれる限り私は大丈夫よ。

「知っているわ」

私は振り向いて微笑み、ジルと共に食堂を出た。


「リズさんって自分と他者の区別が出来ているのかしら」

人気のない長い廊下《ろうか》を歩きながら私はそう言った。

「さあね」

私の話よりもジルは今読んでいる本に夢中になっている。

ちょっとぐらい私の話を聞いてくれてもいいのに……。可愛げがないわね。

というか、歩きながら本を読むのは危ないからやめた方が良いわよ。

私がそう言おうとした瞬間にいきなり体がふわっと浮かんだ。

「へ？」

いつの間にか私の腰《こし》には逞しい腕が回っている。片腕《かたうで》で私を持ち上げるなんてどんな筋肉しているのよ。

「やっぱり細いな」

後ろから甘く透き通った声が私の耳に響く。

あっという間に体が反転し、逞しい背中が視界に入る。デューク様に抱えられる時はいつも俵抱きだ。

「離してください」

「逃げるだろ？」

いくら私が悪女でも色気の増したデューク様の相手をするのは難しいのよ！

初めて会った時のまだ少しだけ少年っぽさが残っている頃に戻ってくれないかしら。

「ジル、アリシアを借りるぞ」

「どうぞ」

ジルッ！　まさか裏切るなんて！

せめて本から目を離してほしいわ。私より本が大事なの？

「ジルの承諾も得られたし行くぞ」

「どこに⁉」

デューク様はそう言って私をすぐ横にある小部屋に連れ込んだ。あまりの強引《ごういん》さに声も出なかった。

現在二十歳　シーカー家長男　デューク

そこは、机が一つに椅子《いす》が四つの本当になんにもない部屋だ。ようやくアリシアと二人きりになれた。俺はもう、彼女に遠慮《えんりょ》しないと決めていた。

アリシアはきっと俺の性格が急に変わったと思っているだろうけど、ずっと我慢《がまん》していただけだ。

彼女と絡《から》んだ時の反応が可愛《かわい》くて、もっと見ていたいと思う。動揺《どうよう》する様子を必死で隠《かく》している姿が愛おしい。

俺はアリシアが逃《に》げないように、腕《うで》を組みながら扉《とびら》にもたれるように立つ。

「それで、ご用件は？」

少し顔を赤らめながらアリシアは軽く俺を睨《にら》む。

「話があるのはアリシアの方なんじゃないか？」

「え？」

「昨日、何か俺に言いたそうにしていただろ。なんだったんだ？」

「えっと……聞きたいことが結構多くて」

「それは楽しみだな」

戸惑《とまど》い、躊躇《ためら》う彼女を見ているともう少し意地悪したくなる。

アリシアはどこか諦《あきら》めたように軽くため息をついた。

彼女が言いたいことは大体想像がつく。アリシアの悪口を言った人間を俺がどう制裁したかだろう。

「あの……」

「少し圧力をかけただけだ」

アリシアが聞く前に俺は口を開いた。俺の言葉にアリシアは目を丸くする。「どうして分かったの⁉」と口には出さないが、顔に出ている。

二年の間で容姿は随分《ずいぶん》と大人びて美しい女性になったが、中身は何も変わっていない。

「かけられた方はたまったものではなかったと思いますわ」

彼女の話し方に俺はあえて不服そうな表情を浮《う》かべる。

彼女は一体いつまで俺に敬語なのだろう。距離《きょり》を感じる。

「喋《しゃべ》り方」

「……そんなに嫌《いや》ですの？」

「ああ、嫌だ」

俺は素直《すなお》に頷《うなず》く。アリシアが小屋に籠《こ》もる前までは寡黙《かもく》な印象を与《あた》えていたからか、彼女は意外そうな顔で俺を見つめる。

「聞きたいのはそれだけか？」

「他にもあるけど……どうして王子たるデューク様が圧力なんてかけたの？」

彼女の言葉に思わず口角をグッと上げた。

愚問《ぐもん》だ。アリシアは鋭《するど》いのか鈍《にぶ》いのかよく分からない。彼女は俺の笑《え》みに少し後退《あとずさ》る。

窓から差し込む太陽の光を受けて、彼女の瞳《ひとみ》が眩《まぶ》しく光った。

「……それが、俺なりにできるアリシアの守り方だ」

困惑《こんわく》する彼女を見ていると、理性が飛びそうになる。思わず自分でも驚《おどろ》くぐらい真剣《しんけん》に彼女を見つめる。

こんなに誰《だれ》かを守りたいと思ったのは初めてだ。アリシアだけが俺の心を無条件に動かす。リズに好意を寄せられているのは感じているが、彼女をアリシアのように想《おも》うことは出来ない。

アリシアは俺の心を照らしてくれる。

「てっきりデューク様は変人なのかと思っていましたわ」

「アリシアに言われてもな」

まさか彼女に変人と言われるとは思っていなかった。思わずフッと笑みが出る。

「周りにそう思わせただけで俺は至極《しごく》まっとうな常識人だ。さっき食堂でアリシアが言った理屈《りくつ》と一緒《いっしょ》だよ。人は些細《ささい》な言動で勝手に周りから価値をつけられる。悪口を言った生徒に圧をかけた、たかがそれだけで俺は変わった王子っていう目で見られる。それを続けていけば、周りから期待外れの王子という評価をされて自由に生きていける」

「自由？」

アリシアは不思議そうに首を傾《かし》げる。

「ああ、自由だ。──俺もロアナ村に行こうとしたんだ、アリシアが行くより前に」

俺の言葉で彼女は全てを察したようだ。

この国の王子に生まれるということは、生きている間自由がほとんどない。一人で視察になど行けないいし、幼い頃《ころ》からいつも周りに誰かがいる。とんでもなく窮屈《きゅうくつ》な世界だ。

「いくらレベル100の魔法《まほう》が使えて、賢《かしこ》かったとしても愚《おろ》かな変人だったら誰も期待しないだろ？」

「そんな単純な話でもない気がするけど」

「まぁ、優秀《ゆうしゅう》でしかない王子よりかは気楽でいられる」

「それは……そうね。デューク様って、とんでもない策略家ね」

感心したように彼女はそう呟《つぶや》いた。

ある程度計算高くなければ、この世界で生き残れない。彼女はまだ知らないだけで、貴族の世界は結構汚《きたな》い。アリシアには出来るだけそんな世界を知ってほしくはなかった。ただ、望むままにたくさんの知識を身につけて世界を広げてほしい。彼女が望むのなら、俺は全力でそれを支える。

「一つ計算違《ちが》いだったのは、俺が少し度を越《こ》えたことをすれば、アリシアの耳に入って小屋から出てくるかもって思ったんだが……それは無理だったみたいだな」

アリシアの瞳孔《どうこう》が広がる。戸惑いながら彼女はゆっくりと口を開いた。

「……デューク様って、私のことが好きなんですか？」

今更《いまさら》？

俺は彼女の言葉に瞠目《どうもく》して固まる。こんなに態度に出しているのに、彼女は俺の気持ちに気付いていなかったようだ。それなら、もっと攻《せ》めた方がいいのか……。

「やっぱり、なんでもないですわ」

慌《あわ》てた様子で彼女は撤回《てっかい》したが、もう遅《おそ》い。アリシアの方へゆっくりと近づく。

「教えてほしいか？」

「いいえ、結構ですわ」

即答《そくとう》されたが、俺はどんどん彼女に迫《せま》る。アリシアが窓にぶつかる。もう彼女に逃げ場はない。

どんどん焦《あせ》る彼女を見ていると、もっと俺に動揺してほしいと思う。アリシアの心を独《どく》占《せん》したい。

アリシアは懸命《けんめい》に余裕《よゆう》のある顔を作ろうとするが、うまく出来ていない。それがとてつもなく可愛らしい。

俺はアリシアを囲うように窓に片腕《かたうで》をつく。

「か、壁《かべ》ドン」

彼女は俯《うつむ》いて、小さな声で何かボソッと言ったがその意味は分からなかった。

アリシアは平常心を保とうとなんとか自分を奮い立たせて、姿勢をスッと伸《の》ばすと、すました表情で俺の顔を見る。

今まで幾度《いくど》となく顔は見られてきたが、好きな女にじっと観察するように見られるのとは勝手が違う。こんなにも緊張するものか……。

微《かす》かに顔が熱くなるのが分かる。今まで自分の気持ちを表に出すことはほとんどなかったのに、感情をうまくコントロール出来ない。

「あんまりじろじろ見るな」

「嫌なら私の目を手で覆《おお》ったらどうですか？」

彼女は少し意地悪そうに笑う。形勢逆転してやったと嬉《うれ》しそうな顔だ。

「本当に綺麗《きれい》な髪《かみ》ね」

透《す》き通《とお》った声と共に俺の髪を軽く梳《す》く。俺がかがんでいるからか、随分と顔が近い。

細い指が俺の髪に優《やさ》しく触《ふ》れる。

……心臓がもたない。彼女の場合、無自覚なのが怖《こわ》い。俺ばかりこんな思いをさせられ

るのは癪《しゃく》に触る。

ギュッと彼女の頬《ほお》を手で挟《はさ》んでやった。

「何ふるの？」

突然《とつぜん》の出来事に目を丸くしながら彼女は声を上げる。可愛いなと思いながら、黄金の瞳と目が合う。アリシアは必死に俺から離《はな》れようとするが、彼女の力じゃ俺はびくともしない。

華奢《きゃしゃ》なこの体にあの運動神経。凄《すご》いな、と改めて思う。頑張《がんば》って自分の腕から抜《ぬ》け出《だ》そうとしている彼女をもっと見ていたい。

アリシアはこれからもっと魅力的《みりょくてき》になり、この世界でもトップクラスの美しさを持つ女性になるだろう。

俺は小さくため息をつく。

「閉じ込めたい」

言葉を発したのと同時に、アリシアの額に自分の額をくっつける。真《ま》っすぐ彼女の目を見つめる。

彼女の顔がどんどん赤く染まっていく。彼女に嫌《きら》われることなど考えず、心が赴《おもむ》くままに体が勝手に動いた。

「……っ」

突然、頭に衝撃《しょうげき》が走る。そこまで痛くはないが、少しズキズキする。

アリシアが思い切り頭を振《ふ》ったのだと理解する。頭突《ずつ》きした張本人は額を手で押さえて痛そうにしていた。

驚きのあまり声が出ない。彼女は凛《りん》とした表情を浮かべる。そのオーラに俺は茫然としたまま後ろの机に軽くもたれかかった。

彼女はそんな俺の方に近づいて来て、さっき俺がしたことをそのままそっくりやり返す。

アリシアは俺の頬を小さな両手で挟み、口《くち》の端《は》を少し上げた。

「閉じ込める？　馬鹿にしないで。二年間も小屋に籠もっていたのは目的があったからよ。お父様に閉じ込められていたわけじゃないわ」

俺を覗《のぞ》き込むその瞳は輝《かがや》いていて、しっかりと未来を見据《みす》えていた。

アリシアの腕をグッと引いて、そのまま抱《だ》き締《し》めた。彼女の心臓の鼓動《こどう》が速くなるのが分かる。

「悪い、理性が飛びかけた」

「……え？」

自分を落ち着かせるために、深く息を吐《は》く。

「俺がお前に溺《おぼ》れているって自覚を、もっと持ってほしい」

彼女の体が固まる。このまま俺に落ちてくれないかと思う。耳に響《ひび》く心臓の音が俺のものなのか、アリシアのものなのか分からない。

「アリシアは自分の信念を貫《つらぬ》き通して、目標を達成するために努力を惜《お》しまず、世の中の現実にしっかりと向き合ってて、聡明《そうめい》で、強くて、いつも凛として美しい」

そこまで言って、彼女の様子を見る。互《たが》いの熱を体で感じる。

何も言わずに赤くなって動かない彼女を心から大切にしたいと思った。

「いい女だ」

最後にアリシアの耳元でそう囁《ささや》いた。

「!!」

一瞬《いっしゅん》、彼女の体がキュッと引き締まるのが分かる。

もうこれぐらいにしておこうか……。これ以上、彼女と一緒にいたら俺がまずい。

アリシアの手を離して、扉の方へ進む。扉を開けて、彼女の方をもう一度見る。

顔を林檎《りんご》のように真っ赤にして、唖然《あぜん》としている。

俺でもっと感情を乱したらいいのに。

そんなことを思いながら、満足げに微笑《ほほえ》んで俺はその場を後にした。

現在十五歳　ウィリアムムズ家長女　アリシア

今のは一体なんだったのかしら。

なんなのあの色気満載の顔は！　髪《かみ》の毛《け》サラサラだし、お肌《はだ》ツルツルだし、良《い》い匂《にお》いするし！　それに、澄《す》んだ声であんな言葉を放つなんて。

デューク様が部屋から出て行った瞬間《しゅんかん》、私はその場に座り込んだ。立っていられる気力がもうなかった。良かったわ、これが誰《だれ》もいない部屋で。

「アリシア？」

少し経《た》ってから、ジルが驚《おどろ》いた表情で部屋に入って来た。もう本は読み終えたのか皮肉を込めて聞いてやろうかと思ったけど、そんな元気も残っていなかった。

「どうしたの？　デュークが嬉《うれ》しそうに部屋から出て行ったのは見たんだけど、なかなかアリシアが出てこなかったから……」

ジルがそう言って私の顔を覗《のぞ》き込む。

嬉しそうに部屋から出て行った？　デューク様は私がこうなるのを分かっていてわざとあんな台詞《せりふ》を言ったのかしら。最初は優《やさ》しいと思ってたけど、実はS気質なのね……。やっとデューク様の本性《ほんしょう》が見えてきた。

「顔赤いけど……熱があるわけじゃないんだよね？」

「……ええ。少し落ち着くまでここにいるわ」

私はそう言って、座ったまま壁《かべ》にもたれた。

「分かった」

ジルは小さく頷《うなず》いて、風が部屋に入ってくるように窓を開けてくれた。

ふわりと涼《すず》しい風が私を包み込む。体温が少し下がるのが分かった。だんだん心が落ち着いていく。ジルは私の隣《となり》に腰《こし》を下ろして本を読み始めた。どうやらまだ読み終えていなかったみたいだ。

私とジルは温かい太陽の光を浴びながら、心地《ここち》いい空間の中で暫《しばら》く過ごした。


次の日の朝、ウィルおじいさんに会いにロアナ村へ向かう。だいぶ村が落ち着いたので、次は明るいうちに来てもいいとウィルおじいさんに言われていたのだ。

静かな暗い森の中でジルのまだ少し幼い声が響《ひび》いた。

「ねぇ、アリシア」

「何？」

「デュークの母親には会ったことあるの？」

「ないわ」

私は小さく首を横に振《ふ》った。

「デューク様のお母様はもう亡《な》くなられているの。肖像画《しょうぞうが》でなら見たことあるわ。とても強そうな方だったわよ」

「強そう？」

「ええ……。デューク様のお母様はこの国の方じゃないのよ」

「どういう」

「着いたわよ」

ジルの質問をわざと遮《さえぎ》りそう言った。

前世の記憶《きおく》が戻《もど》る前に一度見ただけで、私も確かなことは分からないのよね。だから、あんまり迂闊《うかつ》なことは口に出せない。

「じっちゃん、元気かな」

「そりゃ元気でしょ」

私はそう言って、霧《きり》の中に足を踏《ふ》み入《い》れた。

「え⁉」

声を上げたのはジルだった。私も驚きのあまり声が出せずにいる。

ロアナ村が以前のように重く暗い空気ではなくなっていたのだ。地面に倒《たお》れている人もほとんどいない。

相変わらず空は雲に覆《おお》われているけれど、村の雰囲気《ふんいき》は先日来た時よりもさらに明るい。

「どうなっているの？」

「分からない」

私達は茫然《ぼうぜん》とその場に立《た》ち尽《つ》くした。

「アリシア！　ジル！」

遠くからレベッカの覇気《はき》のある声が聞こえた。

「じっちゃん？」

ジルが目を丸くしながらレベッカの隣を歩いている男性を見てそう言った。

……信じられない。

「誰」

私は固まったまま小さく呟《つぶや》いた。

歩いているだけなのに威厳《いげん》が漂《ただよ》っており、彼の迫力《はくりょく》に気圧《けお》される。

なんて貫禄《かんろく》なのかしら。現れた瞬間、空気が変わったもの。国王様に謁見《えっけん》した時以上の圧迫感……。

自然と私の背筋が伸《の》びる。真の緊張感《きんちょうかん》というのはこういうことを言うのだろう。

「アリシア、ジル」

彼は微笑《ほほえ》みながらそう言った。声だけはそのまま、優しくて温かい声だ。

同じ人なのに、こうも雰囲気が変わるものなのかしら。

少しぼさぼさだった白い髪はオールバックにして固められていて、顔がはっきりと見える。彼の左目には見慣れた黄金の瞳《ひとみ》があり、右目には私と同じ色の黒い眼帯。

私と同じ状態なのにこうも雰囲気が違《ちが》うのは何故《なぜ》かしら……。服がいつもより綺麗《きれい》だわ。

彼が私達の目の前に立つ。私は無意識のうちに膝《ひざ》をついてしまった。

悪女が誰かに跪《ひざまず》くなんて一番しない行為《こうい》かもしれない。……でも、体が勝手に動いた。

私は貴族としての教育を十分に受け、普通《ふつう》の人より優《すぐ》れた鑑識眼《かんしきがん》がある。だから、自分より格上の人間や敵《かな》わない人間は直感で大体分かる。確かにデューク様やリズさんは敵わない存在かもしれないけど、彼らとは次元が違うのよ、ウィルおじいさんは。

私の全細胞《ぜんさいぼう》が彼には敵わないと言っている。今までこの威厳をどうやって隠《かく》していたの。

「アリ？」

ジルの驚いた声が上から聞こえた。

「顔を上げなさい、アリシア」

ウィルおじいさんは私と目線を合わせるようにしゃがみ、穏《おだ》やかな声でそう言った。私はゆっくり顔を上げる。

「わしは君に跪いてほしくない」

目尻《めじり》に少し皺《しわ》を寄せてウィルおじいさんはそう言った。

自分の瞳に見つめられているってなんだか少し不思議な気分。

彼は私の肩《かた》を優しく摑《つか》み、体を軽く持ち上げて立たせた。

「アリシア？　一体どうしたの？　じっちゃんだよ？」

ジルは不思議そうに私の顔を覗く。

「師匠《ししょう》、随分《ずいぶん》と変わったからね～」

続いて、レベッカの明るい口調が耳に入ってくる。

「……なんて呼べばいいのかしら」

私の呟きにジルもレベッカも目を見開いた。

「え？　だからじっちゃんだよ？」

「そうよ、アリシア、どうしちゃったの？」

「それは分かっているわ。でも……」

私の目の前にいる彼は、ウィルおじいさんじゃなくて……シーカー・ウィルなのよ。

正体を知っていきなり態度を変えるなんてダサいことは絶対しない。次に会っても私はいつも通りウィルおじいさんとして接しよう、そう思っていた。

それなのに、今目の前にいる男性は好好爺《こうこうや》なウィルおじいさんではない。今までこの威

厳や知性を隠してこられたことに驚きだわ。

彼の左目は私の瞳のはずなのに、私はこんな瞳を知らない。

思慮深《しりょぶか》く、知的で、どこか寂《さび》しそうで、世の中の全てを見通しているかのような瞳。

おそらく私には想像出来ないくらい壮絶《そうぜつ》な人生を歩んできたのだろうというのが、その瞳を見ただけで分かる。

ふいに、昔ウィルおじいさんが言っていた言葉を思い出した。

『自惚《うぬぼ》れた少年はレベル80を習得出来たことから、自分は順番にレベルを上げずともレベル100を習得出来ると考えてしまった』

ウィルおじいさんの、その少し悲愴《ひそう》な瞳が目に映る。

まさか、自惚れた少年というのは……。


──『もう二度と魔法《まほう》を使えなくなったんじゃ』

「アリシア、わしの呼び名なんてなんでもいい」

彼はそう言って微笑んだ。いつもの笑顔《えがお》だ。

「ウィル……様かな？」

小さく首を傾《かし》げてかすれるような声でそう言った。なんとか笑顔は作ったが、きっと私は泣きそうな顔をしていたと思う。

「確かに、おじいさんっていうより今はおじさんって感じだもんね。僕もおっちゃんって言った方がいいのかな」

「そこは大丈夫《だいじょうぶ》なんじゃない？」

そう言ってジルとレベッカは笑った。

ウィルおじいさん……ウィルおじさんはその様子を温かい眼差《まなざ》しで見ていた。

「今まで通りに呼んでくれ」

私達に穏やかにそう言ったウィルおじいさんを見て、彼の過去を知りたいと思った。

彼がどうして目を奪《うば》われ、王宮から追い出され、ロアナ村に来ることになったのか。

今までにも知りたいと思ったことは何度かあった。だけどそれは立ち入ってはいけない話だと自分の中で割り切ってきた。

でも、今は心の底から知りたいと思っている。今までにないくらい真相を渇望《かつぼう》している。

私は、小さく息を吸って背筋を伸ばした。

「魔法が使えなくなったという少年の話は、友達ではなくウィルおじいさんの話だったんですね？」

私はかつての私の瞳を真っすぐ見ながら言葉を発した。ウィルおじいさんは特に驚いた表情もせず、私の目を真剣《しんけん》な眼差しで見ながら頷いた。

「……それで王宮から追い出されたのですか？」

「いや、そうではない。ただ、弟と話が合わなかったのだ」

ウィルおじいさんはそう言って寂しそうに笑った。

「国王と話が合わなかった？」

ジルが眉《まゆ》をひそめる。

「わしの面白《おもしろ》くない昔話でもしようか」

ウィルおじいさんは遠くを見つめながらそう言った。

「ここで話してもいいの？」

レベッカが心配そうに彼を見る。

確かに私達の周りに人が集まっている。……でも、最初に見た時とは皆《みな》の目が違う。前よりも希望に満《み》ち溢《あふ》れているというか。そして、皆がウィルおじいさんを慕《した》っているのが分かる。

「聞かれて困るものではないからな。……異母兄弟《いぼきょうだい》なんじゃ。わしとルークは」

ウィルおじいさんの声が静寂《せいじゃく》の中に響き渡《わた》った。

衝撃《しょうげき》といえば衝撃だけど、確かに国王様とウィルおじいさんはかなり歳《とし》が離《はな》れていたから、驚くようなことではないのかもしれない。

それよりも、今まで国王様にお兄様がいたなんて噂《うわさ》すら聞いたことがなかったわ。手がかりといえば、あの肖像画ぐらい……。

「わしを産んで母はすぐに亡くなった。そして、十三歳になる前から魔法を使えたことで天才と持《も》て囃《はや》され、己の力を過信した結果、わしはある日突然《とつぜん》、魔法が使えなくなったのだ。この国を担《にな》う天才と言われた少年が一気に役立たずになった」

「今の陛下とは異母兄弟って言ってたよね？　それで前国王は再婚《さいこん》したの？」

ジルが静かにそう聞くと、ウィルおじいさんは小さく首を横に振った。

「ああ。妾《めかけ》との間に新しく子を授《さず》かったのをきっかけにな」

「待ってください。前陛下には、妾がいたのですか？」

私は思わず声を上げてしまった。

……妾を囲うのはこの国では禁止されているわ。

「跡継《あとつ》ぎを作らなければならないから、特例を作ったのだ」

そう言って微《かす》かに笑ったウィルおじいさんは、どこか寂しそうに見えた。

確かに国王には魔力《まりょく》が必須《ひっす》だけれど、だからと言って……。

「妾との子って、周囲は」

「しょうがなかったんじゃ。わしは魔法が使えなくなってしまって、次期国王がいなくなってしまったのだから。……そのまま彼女は正妃《せいひ》に納まったよ」

ジルの言葉を遮るようにしてウィルおじいさんはそう言った。

私は胸が痛くなった。……一体どんな思いだったのかしら。

天才と周囲に崇《あが》められたのもつかの間、魔法が使えなくなり、国王の座を異母弟《いぼてい》に譲《ゆず》ることになるなんて、きっと胸が張り裂《さ》ける思いだっただろう。

「妾……その母親って、一体どういう方だったのですか？」

「下級貴族のとても綺麗な女性だった。中身のない人間だったが……」

ウィルおじいさんが少し複雑そうな表情を浮《う》かべる。それだけで彼女の人物像が想像出来る。

ウィルおじいさんが言いにくそうにするって……よっぽどの人ね。

「わしは国王を支えることが仕事だと父親に言われて、誰よりも賢《かしこ》くなろうと日々勉学に励《はげ》んだ。わしがかつて天才だと言われていた理由は、何も魔法だけではない。卓越《たくえつ》した思考力を持っていたからじゃ……まぁ、今ではそう思いたかっただけかもしれんがな」

彼は目尻に皺を寄せて私達に微笑んだ。

ジルは眉間《みけん》に皺を寄せて苦しそうな顔をしている。彼だけではなく、この話を聞いている人達全員が苦しそうな表情を浮かべていた。いかにここでウィルおじいさんが慕われているのかがよく分かるわ。

「……ルークは十七歳で国王になり、わしはその時二十八歳だった。あの頃《ころ》はほとんどわしが政《まつりごと》をしていたんじゃ。この村も今ほど酷《ひど》い状態じゃゃなかった」

ウィルおじいさんは少し顔をしかめる。

だから昔、ロアナ村についての本を読んだ時、今と全く違う描写《びょうしゃ》で書かれていたんだわ。

この村がどんどん悲惨《ひさん》な状態になったのって、ウィルおじいさんが王宮から追い出されてからってことよね。

それに十七歳で国王って随分若いわよね。国を背負うには未熟すぎる……。

「即位《そくい》してまもなく……ある日を境にわしとルークの仲は壊《こわ》れてしまったんじゃ」

そう言ったウィルおじいさんの瞳は、過去に戻ることが出来るならやり直したいと訴《うった》えているように見えた。

「わしはルークに国の分割《ぶんかつ》統治を提案したんじゃ。五大貴族で分けて統治すればいいと」

心の中で私は大賛成した。私もこの国に五大貴族がいる意味はそのためだと思っている。じゃないと、ただの財力と権力を持った集団だ。

「良い考えだね」

ジルは目を薄《うす》く光らせながらそう言った。

まぁ、この考え方に反対する人なんて誰もいないわよね。

「だが、ルークの母親がそれに反対したんだ」

「は？」

「どうしてそこで国王様のお母様が出てくるの？」

ジルと私は瞠目《どうもく》した。

「金目当てか」

ジルは鋭《するど》い目つきで冷たくそう言った。

「王妃《おうひ》になりあがり、大きな顔をして権力を振るった？　……でも、お金目当てだとしても周りは止めるわよね」

ジルに続けて私も言葉を発する。

「国王の母親だからやりたい放題だったんじゃないの？」

ジルの声がだんだんと低くなっていく。

現実を知れば知るほど、陛下を軽蔑《けいべつ》していくように思えた。

その気持ちは分からなくはないけど、これは陛下が悪いんじゃなくて陛下のお母様が悪いと思うのよね。まぁ、国王なんだからそこはちゃんとしないといけないのだけれど。

「ルークは母親のことを好きじゃった。母親も自分の息子《むすこ》を溺愛《できあい》していたからな。わしのことは目の上のたんこぶだったみたいだが」

そう言ってウィルおじいさんは笑った。

継母《ままはは》と折り合いが悪いというのはよくある話とはいえ、それで国外追放までする？

「まさか、そんな理由でじっちゃんが陥《おとしい》れられたとか言わないよね？」

「そのまさかじゃ。わしは国王殺害計画を立てた罪で王宮から追放され、さらにもう二度とルークに害を為《な》すことが出来ないよう目をくり貫かれた。もちろん、わしには何一つ身に覚えのないことだがな」

ウィルおじいさんの言葉にジルは顔をしかめた。レベッカの目からは大粒《おおつぶ》の涙《なみだ》がとめどなく流れている。周りからも時々鼻をすする音が聞こえた。

……こんなにも人望がある方なのに味方はいなかったのかしら？　そうよ、私のお父様だってと思い、口を開きかけた。

「お父様は」

「このことを知っているのは、ルークの母親とその従者達だけだ」

「えっ。……陛下本人もご存じないのですか？」

「ああ」

「だからって、そんな大事を隠し通すなんて不可能だわ」

「正妃じゃ。誰にも知られないようにわしを消すことなんて簡単だったのだろう。それに当時のわしは国王でもなんでもないからな」

「冤罪《えんざい》だと訴えなかったのですか？」

自分の声がだんだん怒《いか》りに震《ふる》えるのが分かった。

「助けてくれる者は確かにいたのかもしれない。だが、罪人を助けるような真似《まね》をしたら間違《まちが》いなく殺されるだろう」

「では、その当時、ウィルおじいさんを支えてくれた方達はどこに行ってしまったの……？」

「言われてみればそうだね。今この国のお偉《えら》いさん達は無能ばっかりだ」

「国外追放された」

私達はウィルおじいさんの言葉に固まった。

「まさか……その女がやったの？」

ジルが皆の疑問を代わりに聞いてくれた。きっとここにいる全員がそう思っているだろう。

「ああ」

ウィルおじいさんは静かに頷く。

その瞳にはもはや悲しみも怒りも、なんの感情もなかった。

「わしの盟友達は皆、ラヴァール国に追放された」

……ラヴァール国。道理で大国に成長したわけよね。ウィルおじいさんの仲間だったのなら、その国で権力を持つようになっていたっておかしくない。そんな人材をよりによってラヴァール国に送るなんて、国王様の母親は馬鹿なのかしら。

「何人くらい追放されたの？」

「まぁそうは言っても数人だけだが、全員優秀《ゆうしゅう》じゃ」

「優秀な人間が皆、国からいなくなって、無能な王だけがこの国に残り、どんどん国内情勢が悪化したわけか」

ジルが目を細めながらそう言った。目に怒りと憎《にく》しみが表れている。

国内の表部分だけを華《はな》やかに見せて、裏はどんどん厳しい生活になる。困窮《こんきゅう》状態がずっと続いた中で育ってきたジルが怒《おこ》るのも当たり前だ。復讐《ふくしゅう》したくもなるわ。

……こんな状態も知らずにリズさんは復讐なんてしても意味がないなんて軽々しく言うのだもの。やっぱり聖女は凄《すご》いわね。私だったらこの復讐の手助けをしてしまいそう。

「国王はじっちゃんがいなくなった時に何も思わなかったのかな」

「いや、ルークはおそらく、わしを恨《うら》んでおる」

「でも、それは本人に聞かないと分からないのでは？」

「……わしの提案についてルークの母親と口論した時、わしはルークに言われたんじゃ。国王でもないのに偉そうにするなと」

陛下って物凄《ものすご》いマザコンなの？

「あぁ、でも、十七歳で国のトップに立ったらそうなるかもしれないわね……」

「え？　アリシア、国王の肩を持つの？」

ジルが不思議そうな目を私に向ける。

「というより、陛下は今頃、ご自分の発言に後悔《こうかい》していらっしゃるかもしれないわ」

「それはないでしょ」

「ジルは黙《だま》っていて」

私はジルの方を軽く睨《にら》んでそう言った。

「ウィルおじいさんが真剣に国王様との仲が壊れてしまったなんて言うから、てっきりもっと深刻な問題かと思っていましたわ」

「十分深刻な話だと思うよ」

ジルの突っ込みを無視しながら私は話を続ける。

「一度本人と直接、腹を割って話してみたらどうです？」

私の言葉にウィルおじいさんが目を見開いた。

ジルもぽかんと口を開けて私を見ている。

私、そんなにおかしなことを言ったかしら？

「ウィルおじいさんは前に言っていましたよね、ロアナ村から出なくてもいいんだと。それは嘘《うそ》ですよね？」

「いや……」

「もう一度、世界を見たくなったのではありませんか？」

私はゆっくりウィルおじいさんの方に近寄る。いつもと立場が逆転しているみたい。

「もしここから出なくていいと本気で思っているのなら、どうしてこの村に改革を起こそうとしているのですか？　……私は、ウィルおじいさんの王の風格に跪いたのです」

私は目を決して逸《そ》らさずに言った。その言葉に、ウィルおじいさんは私をじっと見た後、破顔した。

その笑顔に思わず心臓が跳《は》ねた。年を重ねているとはいえ、やはり美形は強いわ。

「そうだな……確かに、今はここから出たいと思っている」

そう言ってウィルおじいさんは私の頭をいつものように撫《な》でた。

「もう、今日は帰りなさい。また明日、話をしよう」

ウィルおじいさんは優しい声でそう言った。私は素直《すなお》に頷いた。

まだまだ気になることは多いけど、いつまでもウィルおじいさんに嫌《いや》な記憶を思い出させてしまうことになってしまうもの。今日はここまでにしておこう。

私とジルは壁の方に向かった。すると、突然ジルが何かを思い出したように私の方を見る。

「どうしたの？」

「国王の母親はどうなったんだろう」

「……分からないわ。だけど、そもそも陛下のお母様の存在なんて今まで知らなかったくらいだもの」

「そうだよね」

ジルはそれっきり家に帰るまで一言も口を開かなかった。ずっと難しい顔をしながら何かを考えているようだった。


ああ、早く魔法を使えるようになりたいわ。

普段《ふだん》の生活で魔法を使うことなんてほとんどないけど……。それでもやっぱり使えないって不安な気持ちになるのよね。……悪女が不安になるなんてだめだわ。常に自信に満ち溢れて堂々としておかないと。

学園に向かう途中で、そんなことをぼんやりと考える。

「アリシア様、あの、私達、アリシア様のことが凄く好きで」

学園に入り、校舎に向かっていたらいきなり声を掛《か》けられた。

……また面倒《めんどう》くさいことに巻き込まれそうだわ。

ジルも同じ考えを持っていたみたいで、声を無視してそのまま校舎の方へ足を進める。

「私達、リズさんが嫌いなのですわ」

「本当にうざくて、自分が可愛《かわい》いからって調子に乗っているんですわ」

「平民のくせに生徒会に入るなんて何様なの」

「いつも生徒会の皆様《みなさま》といて……男好きなんじゃないのかしら」

その言い様に違和感《いわかん》を覚えて、私はゆっくり彼女達の方を見た。

八つの目が私をじっと見ている。

「アリシア様もそう思いますわよね？」

意気込んだ様子で淡《あわ》いオレンジ色の髪の女子生徒がそう言った。

同意を求められても困るんだけど。私は眉をひそめながらその女子生徒を見る。

「生徒会に入れたのは彼女が賢かったからでしょ？」

四人は信じられないものを見たような目をする。

別に私は、リズさんとは考えが合わなくて苦手なだけで、能力自体は認めている。逆にリズさんがいないと私の悪女っぷりが際立《きわだ》たないから、ある意味必要不可欠な存在なのよ。

「でっ、でも、彼女は色目を使って生徒会に入ったのですわ」

「そうよ！　それにいつもいい子ぶっちゃって目障《めざわ》りだわ！」

「平民の彼女がこの学園にいることが私は許せないわ」

「ちょっと可愛いからってちやほやされちゃって、本当に鬱陶《うっとう》しいわ」

女子生徒達は、次々とリズさんの悪口を言い始めた。

……これが本音なのか私をはめる罠《わな》なのか分からないけど、実にくだらない。

彼女達に割《さ》く時間がもったいないわ。

「文句なら直接本人に言ってきたらどうなの？　そんな暇《ひま》があるのならむしろ自分磨《みが》きに時間を費《つい》やせばいいじゃない。彼女は稀有《けう》な存在だから確かに生徒会に入れたのかもしれないけど、他の人達にはそんな特別な能力なんてないんだから羨んでる時間がもったいないわよ」

吐《は》き捨《す》てるようにそう言った。私に睨まれて怯《おび》えたのか、一人の女子生徒が身震《みぶる》いする。やっぱり人気者を嫌う人っていうのは一定数出てくるものよね。リズさんが物凄い不細工だったりしたら話は違っていたのかもしれないけど。

茫然としている彼女達を無視して、私はそのまま校舎の方に歩き出した。

……そうだわ、一つだけ言い忘れてた。

私はゆっくり振り返り、彼女達を見る。

「私の隣にいる彼も貴族じゃないわよ。けど、貴女《あなた》達より賢いわ。私は実力至上主義なの。馬鹿な貴族よりも賢い平民の方が好きよ」

軽く口《くち》の端《は》を上げてそう言ってやった。

彼女達は顔を歪《ゆが》ませると、そのまま後退《あとずさ》り、走って逃《に》げて行く。

あら、私の悪女ポイントが加点されたわ。微笑んだだけで逃げられるなんて。

「アリシア、口元が緩《ゆる》んでるよ」

ジルが少し呆《あき》れたようにそう言った。咄嗟《とっさ》に無の顔を作る。

すぐに気が抜けてしまうのが私の良くないところね。この学園にいる間は常に気を引《ひ》き締《し》めておかないと。誰に見られているか分からないんだから。

「それと、僕もアリシアが好きだよ。恋愛的《れんあいてき》な意味じゃないけど……。僕はアリシアのためならこの命をいつでも捧《ささ》げられるよ」

彼は真面目な顔で私を見る。突然の告白に、不覚にも言葉を失ってしまった。

だけど私は悪女だから、自分の命を大切にしなさいなんてことは言わない。

彼の命だから、彼の意思に私が口を出す権利はないもの。命の価値観なんて人それぞれ。どう使うかなんて私が指図出来ることじゃないわ。

「有難《ありがと》う。私も死ぬような危機がないように生きるわ」

優しくジルの頭を撫でた。

「本当にアリシアって行動が男前だよね……。でも、死ぬならアリシアと同じぐらい賢くなってからがいいな」

「……ジルはもう私より賢いんじゃない？」

「それはないでしょ」

ジルは苦笑いでそう言った。

……でも本当にそう思うのよね。ジルの広範《こうはん》な知識に深い洞察力《どうさつりょく》は、間違いなく私より優れているわ。


「やっぱりこれはこうなんじゃないかしら」

私は黒板に文字を書き足す。

旧図書室はほとんど使われていないから、ジルと私はよくそこで話し合うことが多い。

昔、ラヴァール国を傘下《さんか》に置く方法を書いた時だって全く人がいなかったし。

「でも、この人数なら奇襲攻撃《きしゅうこうげき》した方が一瞬《いっしゅん》でここは陥落《かんらく》するはずだよ」

「ゆっくりじわじわ痛めつける方が面白いわよ」

私達はよく戦略を練るゲームをしている。設定はいつも適当。ハマると時間を忘れてしまうほど楽しいのよね。

「俺ならここはこうするな」

そう言いながら、大きく綺麗な手がいきなり伸びてきたのと同時に、私の頭に軽く体重がかかる。

この声にこの手は……デューク様だわ。どうしてここが分かったのかしら。

私はデューク様が黒板に何か書き込んでいるのを無視して、軽く睨んだ。

「邪魔《じゃま》しないでもらえます？」

「怒っている顔も可愛いぞ」

デューク様はニヤニヤしながらそう言った。

……絶対に馬鹿にしているわ、私のこと。

そうだと分かっているのに心臓の音が大きくなる。自分で自分のことが嫌になる。

「デューク様が全く分からなくなったわ」

「俺はアリシアに言われた通り、思ったことを口にしているだけだけど」

「……ああ、そうでしたわね。けど絶対にわざとやっていますよね？」

「何をだ？」

「デューク様が発した言葉で私の心臓が爆発《ばくはつ》しそうになったり……」

言いかけて、後悔した。

これじゃあ、まるで私がデューク様を意識しているみたいだわ。

デューク様は一瞬目を見開いたが、すぐにいつもの意地悪な表情に戻った。

「へぇ、心臓が爆発しそうになるんだ」

「なんですか、その顔は」

彼を睨みつつも、自分の顔が少し熱くなるのが分かる。

このデューク様の、全てを見透《みす》かしているような顔に弱いのよね。

「思ったことを行動に移されるよりまだましだろ」

彼は少し真剣な口調で静かに呟いた。

……十分行動に移しているような気がするのだけど。

「デューク、さっき書いたここなんだけど……これじゃあ、敵の頭を倒すことは出来ないよ」

ジルは突然黒板を見たままそう言った。

ジルはわき目もふらず、デューク様の意見について考えていたようだ。私も黒板を見る。

「確かにこれじゃあ、この部隊の隊長に逃げられるわね」

「部下を残したまま逃げるなんてそんな隊長いないだろ」

デューク様は真面目な口調でそう言った後、まるで悪魔《あくま》のように口角を上げた。なんだか寒気がする楽しそうな顔をしているわね。

「一気に陥落させるんじゃなくて、こっちに利益が出るように潰《つぶ》した方が良いだろ？」

「確かにそうだね。頭を残して、従わせるってわけか」

「リズさんが嫌いそうな考え方ね」

「それに～自分の部下が目の前で全滅《ぜんめつ》しちゃったら、隊長はきっと精神おかしくなっちゃうんじゃな～い」

いきなり甘い香りと共に高い声がどこからか聞こえた。

……本当に急に現れるわよね。

「どうしてメルがここにいるんだよ」

「はいそこ～、嫌そうな顔しない～」

ジルが顔をしかめながらそう言うと、メルは手に持っているピンク色のキャンディーをジルの方に向ける。

「隊長の精神をえぐるなんて、アリアリが言ってたじわじわ痛めつけるっていう作戦にピッタリ！」

メルは目をキラキラと輝《かがや》かせながら楽しそうに言った。ジルの顔は若干《じゃっかん》引きつっている。相変わらず可愛らしい顔してえげつないことを言うメルに私は苦笑いした。

「アリシアが言っていたのは物理的に痛めつけるってことでしょ」

ジルが私の考えを代弁するかのように言う。

「じゃあ、隊長の精神を壊した上でボコボコにしちゃえば？」

メルはキャンディーをなめながら物騒《ぶっそう》なことを言う。

こんなにもキャラの濃《こ》い子がゲームに出てこなかったのがほんと不思議でならない。

「確かにそれはいい案だね」

ジルは顎《あご》を触《さわ》りながら真剣な口調でそう言った。

私の周りって……なんだかんだ腹黒で計算高い人達が多いわよね。

「じゃあ、ジル、次は隊長が逃げ出してしまった場合を考えましょ」

「でもアリシア、さっきデュークがそれはないって」

「作戦はあらゆる場合を想定していくつも作っておくものなのよ」

「そうだな、ジル。プランはいくつも立てておくものだ」

私の言葉にデューク様は微笑んでそう言った。

「楽しいね～！　この遊び！」

メルが興奮気味にそう言って、私達は夢中になって旧図書室で話し合っていた。


「アリ、また面倒なことになってるぞ」

ヘンリお兄様が慌《あわ》てた様子で私達の元へとやってくる。

もしかして私、……また知らないところで何かやらかしたの⁉

「どうかしたのですか？」

「アリ……どっかでリズの悪口を言ったか？」

ヘンリお兄様は真剣な目で私を見ながらそう言った。

悪口？　言った覚えがないわ。

「あいつらじゃない？」

さっきまで目を輝かせていたジルの瞳が一瞬で暗くなる。その一言で察した。

ああ、またはめられたんだわ。

私は小さくため息をついてヘンリお兄様の方を見ながら口を開いた。

「私、悪口は言ってないけど、リズさんの悪口を言っていた人には遭遇《そうぐう》したわ」

その意味を皆は一瞬で理解してくれた。

「とりあえず、リズの元に向かうか」

デューク様の言葉に私達は頷いた。

「キャザー・リズはどこにいるの？」

「教室だ」

「メルもついて行くね～」

彼女は明るい口調で笑いながらそう言ったけど、目が殺し屋みたいになっている。

私達は黒板に書いたものを乱雑に消してそのままリズさんのいる教室へ向かった。

休む暇もなく次々と何かに巻き込まれていくって凄いわよね。むしろ私、ヒロインの立ち位置にいるんじゃないかって思ってしまうわ。

そんなことを思いながらリズさんのいる教室に入った。

「あ、来ましたわよ！」

私を待っていたかのように、女子生徒が声を上げた。

「来てあげたわよ」

「なんなのその態度！」

私の笑顔に女子生徒は声を張り上げていたが、無視してリズさんの元へ向かう。

リズさんの周りにはやっぱり今朝、私に話しかけてきた人達がいた。

勿論《もちろん》、いつものメンバー……お兄様達もだ。カーティス様とフィン様は不在のようだけど。

毎日、こんなに軽蔑された目で見られると慣れるものね。私的にはもっと怒りに満ちた感じで見てほしいんだけど。やっぱり悪女は存在するだけで人に怒りを与《あた》えないと。

「今度は一体何があったのですか？」

満面の笑《え》みで私はリズさんに聞いた。

「彼女達が、アリシアちゃんが私の悪口を言っていたって言うのよ」

リズさんは私に敵対心を見せるわけでもなく口を開く。

流石《さすが》聖女だわ。普通なら嫌悪《けんお》の顔をするはずなのに、平然としているんだもの。

「で、リズさんはどう思っているの？」

「彼女達がそう言っているだけで証拠《しょうこ》がないから、アリシアちゃんに直接聞こうと思ってヘンリに言伝《ことづて》を頼《たの》んだの。……アリシアちゃんは私の悪口を言ったの？」

エメラルドグリーン色の双眸《そうぼう》が私をじっと見つめる。

「……言ってないわ」

「そう。私、貴女の言葉を信じるわ」

リズさんは私に微笑む。……あら、天使の微笑みを久しぶりに見たわ。

「リズ様!? どうしてこんな奴《やつ》のことを信じるのですか？」

「彼女はリズ様を罵《ののし》っていたんですよ？」

「そうですわ！　男好きとか、調子に乗っているとか酷い言い草でしたわ！」

リズさんの周りにいる女子生徒達は次々と声を上げ始める。

こんな奴って……散々な言われようね。どうせならこんな悪女って言ってくれないかしら。

リズさんの表情が少しずつ曇《くも》っていく。毎日こんなことに巻き込まれる生活を送っていたら人間不信になりそうよね。

他の生徒達の私を見る目もだんだん鋭くなっていく。私の悪女っぷりを見れば、私が嘘をついたって思いたくなる気持ちも分からなくはない。

「あのさ、その悪口を言っていたのは君達の方じゃない？」

どこからか急に少年の可愛らしい声が聞こえた。全員の視線が一気に扉《とびら》の方へと向く。

……フィン様が真顔で立っていた。その後ろにはカーティス様もいる。

「どこ行ってたんだ？」

ヘンリお兄様がこの殺伐《さつばつ》とした空気の中、声を発する。

フィン様は表情を崩《くず》さず、リズさんの周りにいる女子生徒を静かに睨んでいる。

「フィンとキャッチボールしてたら窓ガラスを割ってしまってさ」

カーティス様は明るい口調で笑いながらそう言った。空気が読めないのか、空気を読んでわざとそんな発言をしているのかは分からない。

フィン様はそんなカーティス様を無視して私達の方へ歩いてくる。

何年経っても、フィン様の容姿は全然変わらないのよね。

初めて会った時と見た目がこんなに変わらないなんて凄いわ。……全国のショタコンが彼に夢中になるのが分かる。ずっと変わらない彼を見ていられるなんて最高だもの。

「フィン様？　何をおっしゃっているのですか？」

リズさんの近くにいた淡いオレンジ色の髪の女子生徒が顔を少し引きつらせる。

「僕からしたら君達が何言ってるのって感じなんだけど」

甘くて少し高い声。フィン様って何気に良い声だわ。

「フィン様ってなんか、ジルと少しキャラかぶってるわよね」

私はジルにしか聞こえない声で小さく呟いた。

「は？　あんなに美形じゃないし、髪の毛もあんなに輝いていないし。それに僕、あいつとは七つも歳が違うよ」

　ジルはすぐに顔をしかめて、早口でそう言った。そんなにフィン様と一緒《いっしょ》にされるのが嫌だったのかしら。キャラかぶりは確かに重要な問題だけれど。

「ねぇ、フィン、どういうことか私に分かるように言って」

　リズさんが困惑《こんわく》した表情でフィン様にそう言った。

「そうだな～、物凄く簡潔に言うと、彼女達がリズの悪口をアリシアに言っていて、それをアリシアは無視した。僕が知っている事実はここまで。ここからは勝手な憶測《おくそく》なんだけど、アリシアの言葉が図星だった彼女達は腹が立ってアリシアをはめるためにリズに近づいた。……気を悪くしないでほしいんだけど、彼女達が言っていたリズに対しての悪口は多分本心だから、本当にアリシアをはめるためだけにリズを利用したかったんだと思うよ」

　フィン様は表情一つ変えずにそう言った。

　悪女の私が言うのもなんだけど、なんだかリズさんが気の毒に思えてきたわ。フィン様ってメルにも似ているのよね、可愛い顔してなかなか毒舌《どくぜつ》ってところが。

　するといきなり高い笑い声が私の耳を刺激《しげき》した。

「性根《しょうね》が腐《くさ》った馬鹿女達だ～」

　嬉しそうにメルがリズさんの周りにいる女子生徒を指差して言う。

「指を差さないの」

メルの方が年上なのに、私が彼女に注意するのは変な気分だわ。

「はーい」

彼女は素直に指を引っ込める。

動きが子どもみたいなのよね。発している言葉以外は甘くて可愛い少女なのに。……これが俗《ぞく》に言うギャップ萌《も》えってやつかしら。

「結局自滅《じめつ》？　見た目も能力も完全にアリアリに劣《おと》っているのに、性格まで最悪って救えないねっ」

メルは可愛らしい満面の笑みを彼女達に向けた。

笑顔を向けられた女子生徒達は血相を変えて震えている。その上、大きな粒《つぶ》の涙がぼろぼろと瞳から零れている。

さらにメルが言《い》い募《つの》ろうとすると、すかさずデューク様がメルの頭を軽く叩《たた》いた。

「それくらいにしとけ」

彼は呆れたようにそう言った。

「まるで保護者だね」

ジルの呟きに私は小さく頷く。確かに全く主従関係に見えない。

リズさんはまだ状況《じょうきょう》を飲み込めていないようだ。目の前の出来事に頭がついていけていないっていうか。鈍感力《どんかんりょく》ってヒロインには必須要素だけど、それはそれで話が進まなくて面倒よね。ここは悪女たる私が一肌脱《はだぬ》ぐ場面かしら。

「ねぇ、そこの……馬鹿女達」

私は震えている女子生徒達に近寄って見下すように言った。

「あっ！　アリアリも馬鹿女って言ってる！」

「お前は黙ってろ」

メルの言葉にデューク様はまた軽く彼女の頭を叩く。……メルを扱《あつか》い慣れてるわね。

「貴女達、どうしてそんなに震えているの？　泣いたら誰かが助けに来てくれると思ってるの？　残念だけどその涙にはなんの価値もないわよ。傷つく覚悟《かくご》もないのにこんな低俗《ていぞく》で卑劣《ひれつ》な行動をするなんて、ゴミ以下」

私は、貴族からは絶対に出ないような言葉で彼女達を罵った。

私の言葉に相当なショックを受けたのか、女子生徒達は感情を失ったような虚《うつ》ろな目をしている。

「ゴミ……」

リズさんが小さな声を発し、そのまま私の方をじっと見た。

私に対して怒りが込《こ》み上《あ》げてきたみたい。ああ、これでようやく聖女リズ様が復活だわ。

私はこのリズさんを見たかったのよ。さっきまでの腑抜《ふぬ》けた顔じゃなくて、この生命力溢れた瞳に睨まれたかったのよ。

彼女は、自分のことを悪く言っていた人達ですら庇《かば》うと思ったわ。

もしかして私、リズさんよりもリズさんのことを知っているんじゃないかしら。

この調子で最後まで気を緩めずに、十五年間で一番の悪女っぷりを見せつけたいわ。

「何か？」

私は小さく首を傾げてリズさんに微笑んだ。その眉間に皺が寄る。

「今、ゴミって言ったの？」

「ええ、そうよ」

私は笑顔で答える。リズさんの瞳孔《どうこう》が開くのが分かった。

「まさか、リズさんは嘘をついた彼女達を庇うの？」

リズさんを煽《あお》るように私はそう言った。

「そんな人達、正確に言えば、ゴミ以下よ」

「彼女達は悪いことをしたかもしれないけど、ゴミなんて言いすぎよ！」

リズさんが私を物凄い形相で睨みながら声を張り上げた。

「まぁ、なんて感動する台詞なのかしら」

「馬鹿にしているの？」

「むしろ感心しているのよ。自分の悪口を言っていた子達を庇うなんて私には出来ないもの」

「私は彼女達を許したわけじゃない……ただ、ゴミだって言ったことに対して怒りを感じているのよ」

リズさんは声を抑《おさ》えながらそう言った。私は、一度軽く息を吸って気を引き締める。

「だって、いらないでしょ？」

「何を？」

「彼女達」

目線を女子生徒達の方へ向ける。リズさんは少し困惑した表情を浮かべた。

「……そんな扱いを受けてもおかしくないようなことを、彼女達はしたのよ」

彼女達はもう私の言葉に怒ったり、悲しんだりしなかった。私に怯え、リズさんに助けを求めているようだ。

……これは、最高の展開だわ。リズさん信者が増えてくれたら私的には嬉しいもの。

ああ、でも、リズさんの綺麗事《きれいごと》に洗脳されるようになったらちょっと面倒くさいけど。

「確かに、彼女達がしたことは最低なことかもしれない」

「かもしれないじゃなくて、最低よ」

「どうしてそんな言い方しか出来ないの？」

急にリズさんは私に対して哀《あわ》れみの目を向けた。

「彼女達は、反省しているわ。これ以上責めてなんの意味があるの」

リズさんの落ち着いた声に、教室にいる人達が彼女に賛同しているのが分かる。

「リズさんは、人の良い面しか見ていなさすぎるわ」

「それの何が悪いの？　魅力的《みりょくてき》な目は人の良いところを探して作られるのよ」

「何それっ！　馬鹿じゃないの～？　逆に言えば悪いところを探さないと戦争には勝てないよ？　いっそ教会のシスターにでもなったら～？」

メルの笑い声が教室に響く。

「それはシスター達に対して逆に失礼だよ」

ジルが静かに突っ込みを入れた。

「え～、じゃあ、天使？」

「そっちの方が聞こえは良いよね。そうなると、アリシアは悪魔かな？」

「でもさ、実際、どっちが悪魔でどっちが天使だって思うよね～」

「確かにそれには賛成だね」

「お前ら仲良いな」

ヘンリお兄様がジルとメルの会話に口を挟《はさ》む。

どうせならもっと二人の会話を止めるようなことを言ってほしいわ。でも、ジルは結構メルに心を開いているようだ。メルとジルの波長がなんだか似ているような気がする。

というか、二人の会話のせいでさっきまでの緊張感が一瞬でなくなってしまったじゃないの！

まぁ、さすがにもうこんな茶番に付き合わなくてもいいか。前に一度、人間は良い人達ばかりじゃないって話をリズさんにしたはずなのに忘れてしまっているみたいだしね。

彼女達は性根が腐っている。きっちりその罪を認めさせないと、また同じことを繰り返すだけなのに……。

「シラけてしまったわね。私はこれで失礼するわ」

そう言ったのと同時に、エリック様の低く敵対心のこもった声が教室に響いた。

「逃げるのかよ」

「逃げる？　何から？」

「リズはいつも人の良い面をちゃんと見て、どんな人でも好きになる努力をしている。それなのにそういった面も見ずに、お前は逃げている。他人の心が自分より綺麗なことが妬《ねた》ましいんだろ」

エリック様は私を睨みながらそう言った。エリック様に睨まれてばかりね。

彼は私の方へゆっくりと近付いてくる。

ああ、これから何が始まるのかしら。

私はちょっとだけわくわくして、エリック様を真っすぐ見た。

「お言葉を返すようですが、私は人のことを妬ましいなんて思ったことはありませんわ」

笑顔でそう答えると、エリック様は鼻で笑った。

「人を見下しておいて、それの何が楽しいんだ。昔は努力してて、一生懸命《いっしょうけんめい》な子だと思っていたが、とんだ見当違《けんとうちが》いだったようだ」

「有難うございます」

「今のが褒《ほ》め言葉だとでも？」

「はい」

彼の言葉は、私が悪女として成長したってことを言っているようなものだもの。

エリック様の瞳がどんどん鋭くなっていく。教室が再び緊張感に包まれる。

皆も気の毒ね。私が現れる度《たび》にこの空気を感じないといけないなんて。

でも、人が多ければ多いほど私には好都合なのよ。私の悪女っぷりを一人でも多くの人に見てほしいもの。

「リズはな、決して目の前のことから逃げないんだ」

「はい？」

私はエリック様の斜《なな》め上からの言葉に思わず間抜《まぬ》けな返事をしてしまった。

「リズはどんな困難にも立ち向かうんだ。それがどんな相手でも。自分のことを嫌っていた貴族に対しても手を差《さ》し伸べるような子だ。自分を犠牲《ぎせい》にしてでも誰かを助けようとする。野生の狼《おおかみ》がこの学園に現れた時だって、震えながら皆を守った。怖《こわ》い思いをしても守りたいものがあるからだ」

「待って、学園に野生の狼が現れたの？」

言いたいことはたくさんあったが、野生の狼が一番気になった。

野生の狼が学園に現れるなんてありえなくない？

私の言葉を無視してエリック様は滔々《とうとう》と話を続ける。

「暇があれば町に出て小さな子ども達と遊んであげたり、とにかくこの国のことをよく考えている。なのにお前はどうなんだ？　いつも人を馬鹿にして……お前こそゴミだな」

そう言って私を見るエリック様の目は酷く冷たかった。

あらやだ、ゴミって言葉を返されてしまったわ……。

エリック様が吐き捨てると同時に後ろから凄《すさ》まじい殺気を感じるんですけど⁉

……私は恐る恐る後ろを振り返った。

ヘンリお兄様、ジル、メル、そしてデューク様、彼らから出ている殺気で私まで気圧される。目で人を殺すってこういうことね。

教室にいる人達皆、鳥肌《とりはだ》を立てているに違いない。

「えーっと、私は大丈夫だから。口を出さないでね」

彼らをなだめるように言って、私は気を引き締めてエリック様の方を向いた。しかし彼は瞠目しながら私の後ろを見ている。

ああ、エリック様の目線が完全に私から外れてしまったわ。

まぁ、あんな凄まじい殺気を放たれたらそっちを見てしまうわよね。

「ねぇ、エリック様。自分を犠牲にしてでも誰かを助けようとするリズさんは、むしろ馬鹿丸出しだと思いません？」

わざと腹を立てそうなことを言って、エリック様の視線を私に戻す。

「優先順位もつけられない大馬鹿者だわ。自分が貴重な存在だと分かっているにもかかわらず、自分を嫌っている貴族を庇うなんて……本当に賢いなら自分を犠牲になんかしないわ。彼女の代わりはどこにもいないのよ」

「アリシアちゃんの代わりもいないわよ」

リズさんが眉間に皺を寄せて私の目を真剣に見つめる。

「いるわよ」

私は静かにそう返した。リズさんの目が少し見開いたのが分かる。

「補欠なんていくらでもいるわ。絶対にこの人じゃなきゃいけないなんてことないの。なんとでもなるの。皆、自分を特別だって思いたいし、そうなりたいと思っているけど、実際、特別なんかじゃないのよ。賢い人を探そうと思えばいくらでも出てくるし、魔法が使える人もたくさんいるわ。けど、リズさんの能力を持っている人だけはいないのよ」

私の声が静かな教室に響く。

「能力……だけを見ればそうかもしれないわ。でも、……誰もがみんな大切な存在で、誰かの代わりなんていないわ」

「それは貴女だけよ、リズさん。だから、貴女は理想を語るだけではなくて、変わらなければならないのよ」

「お前に……リズの何が分かるんだ。リズはそのままで良い。何も変わらなくていい。足りないところがあるなら俺達が補えばいい」

いきなり横からエリック様が声を震わせながらそう言った。彼は怒りに満ちた目を私に向けて話を続ける。

「リズは震えながらも恐怖《きょうふ》に立ち向かった強くて美しい女性だ」

それって私に言うんじゃなくて、リズさんに言うべきなんじゃ……。

リズさんは目を大きく見開いて、顔がどんどん林檎《りんご》みたいになっていく。目が少し潤《うる》んでいるのが分かった。はいはい、勝手にやってちょうだい。

とりあえず、言いたいことは言ったし……もういいでしょ。今度こそ本当にシラけたわね。

「行くわよ」

後ろにいた彼らを振り向いて、私は悪女っぽくそう言った。

まだ皆は納得《なっとく》がいかないみたいだけれど、とにかくこの教室から出てゆっくりしたい。

「お前も、アリシアの何が分かるんだ」

デューク様の静かに低い重みのある澄んだ声が教室に響いた。

私は後ろを向いてしまったので、エリック様がどんな表情をしているのかは分からなかったけど、簡単に想像できる。

まさかデューク様にそんなことを言われるとは思ってもみなかったのだろう。

しょうがないわよね。リズさんと私の価値観が全く合わないのだもの。

エリック様、ゲイル様、アルバートお兄様、アランお兄様はリズさんの考えを肯定《こうてい》し、ジル、メル、ヘンリお兄様、そしてデューク様は私の考えを肯定してくれる。今日は助けに入ってくれたけれど、カーティス様とフィン様の腹の内は分からない。

歩き出す私の隣をジルが黙って歩き、その後ろからヘンリお兄様、メル、デューク様がついてくる。

ヘンリお兄様は今まで皆とうまく付き合ってきたようなのに、私についてきちゃっていいのかしら。

そんなことをぼんやりと考えながら教室を出る。

この時、家に帰るまで私はジルの手のひらに爪痕《つめあと》がくっきり残っていて、血が滲《にじ》んでいたことに気付かなかった。

ジルの回想（アリシア十三歳　ジル九歳）

まだ小屋に入る前、アリシアは一日も欠かさず日々鍛錬《たんれん》をしていた。

「ねぇ、アリシア、今日ぐらいはいいんじゃない？」

僕はアリシアの様子を見かねてそう言った。

朝から晩まで毎日図書室に籠《こ》もってずっと魔法《まほう》の練習。

調子が悪くてなかなかレベルが上がらないようだ。いや、今までが調子良すぎたのかもしれない。むしろ一般的《いっぱんてき》な貴族は十三歳から魔法が使えるようになるのだ。彼女が特殊《とくしゅ》すぎるのだ。傍《はた》から見たら、彼女は超《ちょう》がつくほど優秀《ゆうしゅう》だろう。

アリシアは一度火がつくとずっと燃えていられる性格だ。

「だめよ。その今日が大事なんだから」

「毎日続けるのが大事ってこと？」

「いいえ。毎日続けることに意味はないわ」

「どういうこと？」

「ただ単に、早くレベルを上げたいって一心でしているだけかもしれないわ」

「キャザー・リズに追いつくために？」

「……私がどれだけ頑張《がんば》っても絶対に彼女には追いつけないわ。でも、少しでも肩《かた》を並べたいの。じゃないと偉《えら》そうに出来ないでしょ？」

アリシアは真剣《しんけん》な眼差《まなざ》しを僕に向けながらそう言った後、目尻《めじり》に皺《しわ》を寄せて笑った。

彼女はきっと誰《だれ》よりも自分の能力がキャザー・リズに敵《かな》わないことを分かっているんだ。

いつもキャザー・リズに強気なのは、少しでも彼女に追いつこうと努力しているからだ。キャザー・リズを監視《かんし》するために、対等でいられるための努力を決して怠《おこた》らない。

だから、アリシアはキャザー・リズに努力は報《むく》われないと言ったのだろう。

自分が一番そのことを知っているから。……結果が全てだと知っているから。

そして「努力」は自分に「自信」をくれるだけだと誰よりも分かっている。だから、それを人に見せたくないのかもしれない。

必死な自分が格好悪いと思っているからだけでなく、自分に自信を持とうとしているところを人に見せるものじゃないと思っているのかもしれない。

実際アリシアがどう考えているかは分からないけれど、僕はそう思う。

いつかアリシアがキャザー・リズの能力を超《こ》える日が来ることを、僕は心の底から願った。

「無理はしないでね」

僕がそう言うと、アリシアは少し微笑《ほほえ》んで口を開いた。

「体を壊《こわ》すようなことはしないけど、無理はするわよ」

本当のアリシアを皆《みな》が知ったら、一瞬《いっしゅん》で彼女の虜《とりこ》になるだろう。全ての人が彼女に惚《ほ》れ込み、彼女の側にいたいと願うだろう。

そんな日が来てほしいと思う反面、誰にも知られたくない。

この矛盾《むじゅん》した心を僕は少し愛おしく思った。

現在十五歳　ウィリアムズ家長女　アリシア

魔法《まほう》が戻《もど》るまでの間、私は大人しく小屋に籠《こ》もることにした。

お父様と会うリスクは高くなったけど、集中して考えたいことがあったのだ。

当分学園に行かないことをヘンリお兄様に言うと、すぐに承諾《しょうだく》してくれた。

「ヘンリって、アリシアに甘いよね」

「ヘンリお兄様だけよ」

「確かに」

ジルは私の返答に少し口《くち》の端《は》を上げる。彼も私と一緒《いっしょ》に小屋に籠もっている。私がジルにここにいてほしいと頼《たの》んだのだ。

「狼《おおかみ》が学園に現れたというのはいつ頃《ごろ》だったかしら」

「ヘンリの情報によると一年前ぐらいらしいよ」

一年前……。どうしてもっと大事《おおごと》にならなかったのかしら。

野生の狼が魔法学園に現れるなんて考えられない。陛下の耳には入っているのかしら。

「不思議なのが、なんで魔法学園に現れたのかってことだよね」

ジルの言葉に私は少し考え込む。

「誰《だれ》かが意図的にそうした可能性もあるわね」

「野生の狼なのに？」

「だから、そう見せかけただけとか」

ジルは、顎《あご》を触《さわ》りながら眉間《みけん》に皺《しわ》を寄せて遠くを見つめた。

もし、本当に誰かが狼を魔法学園にけしかけたとなると大問題だわ。

あら、でもちょっと待って。そもそも、どこから狼なんて連れて来たのかしら。

「この国に狼はいないはずよね？　……だとしたら、外国から連れて来たのかしら」

私の言葉にジルが机の引き出しを開けて、地図を取り出した。

……外国。……狼。ああ、なんだか聞いたことのある単語……なんだっけ……？

もう少しで何か繋《つな》がる気がするわ。

リズさんが震《ふる》えながら魔法学園の生徒を狼から守った……!?

「「ラヴァール国」」

私とジルの声が見事に重なる。ゲームではラヴァール国の狼ってことまでは明らかにされていなかったけど。これは、この世界で本を読んで得た知識。

「ラヴァール国に狼がいるって何かの本で読んだことがある」

ジルが地図に載《の》っているラヴァール国を指差しながらそう言った。

……さすがジルね。私はただ乙女《おとめ》ゲームのイベントを思い出しただけなのよね。

リズさん——ヒロインの好感度を上げるあのイベント。

前世の私はたしか、「助けない」を選択《せんたく》した気がする……助けたい気持ちもあったけど、自分を嫌《きら》っていた人達を、命を懸《か》けてまで助けようとは思わない。

そのせいで、私はゲーム内でとんでもなく好感度が低いヒロインになってしまったのだけど。まさに悪女ね！

「アリシア？　聞いてる？」

私はジルに顔を覗《のぞ》き込まれてハッとした。

「何を？」

ジルは少し面倒《めんどう》くさそうな表情をして口を開いた。

「だから、どっかにまだその狼がいるんだったら、ラヴァール国から来たかどうかはすぐ分かるよ」

「……ラヴァール国の狼は尻尾《しっぽ》が大きくて赤毛が多いのが特徴《とくちょう》よね」

「それと、首元に細い鉄の首輪がされているんだ」

いつもより少し低い声でジルはそう言った。

というか、このイベントって、ただヒロインの好感度を上げるだけで、狼がどこから来たかなんて些細《ささい》なことだったのよね。学園にいきなり狼が現れるなんて、物凄《ものすご》くおかしな話なのに。

「その首輪には飼い主の名前が彫《ほ》られているんだよ」

ジルは少し目を光らせて、私の目を真っすぐ見ながらそう言った。

まだその狼が首輪をしていたかどうかは分からない。けど、この国には野生の狼など存在しないのだ。

学園の狼がラヴァール国の狼だったとは断定できない。とにかく、その可能性があるかもしれないということだ。


「ジル！　起きて！」

私はソファで寝《ね》ているジルを叩《たた》き起《お》こす。

「……何？」

ジルは薄目《うすめ》を開けながら少しかすれた声を出した。低血圧なのか、物凄く不機嫌《ふきげん》そうに眉間に皺を寄せながら私を見ている。

「見てて」

姿勢を正して、私は軽く指を鳴らした。

その瞬間《しゅんかん》、机の上に広がっていた地図が私の元に向かってくる。

私はそれを優《やさ》しく摑《つか》んで満足げに微笑《ほほえ》んで見せた。ジルは薄目のまま地図を見ている。

無反応って……何かリアクションしてほしいわ。

「……それがどうしたの？」

「魔法が使えているのよ！」

ジルの目が開いた。ようやく目が覚めたようね。

「良かった……」

ジルは状況《じょうきょう》を理解したのか、安堵《あんど》の息を漏《も》らした。

「今日から、ウィリアムズ・アリシア、完全復活よ」

私はそう言ってジルに微笑んだ。私の言葉にジルも嬉《うれ》しそうに笑った。


「で、どうして今日もアーノルドに会わずにこっそり家を出るの？」

私が魔法学園の門をくぐろうとした瞬間、ジルは少し低い声でそう聞いた。

ステンドグラスが太陽の光に反射して眩《まぶ》しい。あのステンドグラスの存在意義は一体なんなのかしら。あんなところにお金を使う前にもっと改善すべきところがたくさんあるはずだわ。

「アリシア、聞いてる？」

「聞いているわ。でもあまりにもあれが眩しくて……」

「話を逸《そ》らさないで」

ジルが少し怒《おこ》ったように私の方をじっと見る。

「……優先順位を考えた時に、お父様に会うことが下の方に来てしまっただけよ。前はお父様に会うことが一番重要だったけど、この一、二週間で色々なことがあったでしょ」

「リズさんの監視役《かんしやく》を外されるのは問題外だけど、それよりもしなければならないことがある。ウィルおじいさんのこととか、狼イベントのこととか……とにかく、お父様に会うのは後回しなのよ。

「まぁ、分からなくもないけど」

「でしょ？」

ジルの同意を得られたことに嬉しさを覚えて、私はニッコリ微笑む。

私達は校舎の方に向かった。

「ねぇ、ジル、私と賭《か》けしない？」

私はふと思い立って、ジルに提案した。

「は⁉」

ジルは私を奇妙《きみょう》なものを見るような目で見ている。確かにいきなり賭け事をしようなんて言われたらそんな表情にもなるわよね。でも思いついちゃったんだもの。

「もう来ないのかと思っていましたわ、って絶対誰かに言われると思うのよ」

悪女らしく、口の端を軽く上げる。私の言葉にジルはすぐに噴《ふ》き出《だ》した。

「僕は、死んだと思っていたって言われると思う」

「それなかなか酷《ひど》いわね」

「見た目は良くても中身は汚《きたな》い人達ばかりだからね」

「否《いな》めないわ」

「でも、世間は中身が綺麗《きれい》な方よりも見た目が綺麗な方を信じるけどね」

「だから、両方兼《か》ね備《そな》えた人が一番良《い》いんじゃない？　リズさんみたいな」

ジルは黙《だま》り込んだ。

私は悪女として見た目重視派なんだけど、リズさんは中身重視派よね。

まぁ、今の私の見た目も傍《はた》から見れば酷いみたいだけど。眼帯以外は綺麗にしているから勘弁《かんべん》してほしいわ。

悪役令嬢《れいじょう》なんて、中身はどろどろでいいのよ。中身が美しいのはヒロインだけで十分。だって、みんなが綺麗だったら、その綺麗のなかからまた優劣《ゆうれつ》が生まれてしまう……。

「キャザー・リズよりアリシアだと思う」

ジルがボソッと何かを言ったけれど、私は自分の考えに夢中で聞き取ることが出来ない。

「ジル？　何か言った？」

「なんでもないよ」

ジルはそう言って満面の笑《え》みを私に向けた。こんな笑顔《えがお》、久しぶりに見たような気がする。

「ねえ、僕が賭けに勝ったら、アリシアのそのブレスレットをくれない？」

ブレスレット？

どうしてそんなものを欲《ほ》しがるのかしら。ジルって装飾品《そうしょくひん》とか興味なさそうなのに。

「良いけど……じゃあ、私が勝ったら、ジルの持っている私が知らないと思う知識を教えて」

私の言葉にジルは目を見開いた。

「そんなのでいいの？」

「そんなのって、知識は最高の財産よ」

「そっか」

ジルは嬉しそうに笑う。今日はよく笑うわね。私もジルの笑顔につられて笑った。


生徒達はじろじろと容赦《ようしゃ》なく見てくるが、何も言ってこない。ただ、私を軽蔑《けいべつ》するような目で見ているだけだ。

「視線だけで全てが語られているよね」

ジルの言葉に私も心の中で同意する。

まるで疫病神《やくびょうがみ》が来たような目で見てくるのよね。いちいち口に出されても面倒だけれど、目線がうるさいのも困りものね。

「ねぇ、アリシアさ、人にゴミって言ったの……この間で二回目だよね。というか、一回目はゴミで二回目はゴミ以下だから、この間の彼女達に言い放った方が酷いか」

「え？　私、前にもゴミって言ったことあったっけ？」

私は目を丸くしながらジルの方を向いた。

大概《たいがい》自分の言ったことは覚えているはずだし、ゴミなんて言葉は強烈《きょうれつ》だから絶対に覚えているはずなんだけど……。どんなに考えても全く思い出せない。

「僕達が誘拐《ゆうかい》された時に、アリシアがキレて言ったんだよ」

「……覚えていないわ」

「だろうね……あの時は凄《すご》かったよ」

ジルは真剣《しんけん》な口調でそう言った。

興奮しすぎて、忘れてしまったのかしら。

「アリちゃん～」

いきなり、後ろから明るく軽い調子でカーティス様に声を掛《か》けられた。

「一週間ぶりだね。元気だった？」

「はい。カーティス様はいつも元気そうですわね。……お一人ですか？」

そう返すと、カーティス様はニヤニヤし始めた。

「何？　デュークに会いたかった？」

「違《ちが》いますわ。ただ、カーティス様がお一人でいるのが珍《めずら》しいなと思いまして」

「そうだね～、俺の周りにはいつも可愛《かわい》い女の子達がいるからね」

「本当に可愛くて頭が空っぽな女の子達がたくさんいますわね」

私は笑顔を作ってカーティス様にそう言った。彼は一瞬《いっしゅん》ぐっと詰《つ》まった後、すぐに笑顔になった。

「何？　嫉妬《しっと》？」

「それはありえません」

私は満面の笑みで答える。

カーティス様に嫉妬なんてするわけもない。

というか、さっきの頭が空っぽな女の子達っていういかにも悪女らしい台詞《せりふ》は無視されてしまったわ……。

「人のことを馬鹿にするなって説教なさらないのね」

ふと漏らしてしまった。その言葉にカーティス様は目を見開く。

「……アリちゃんより中身が軽いのは確かだしね。魔法レベルも学力も」

カーティス様は笑いながら言った。

意外だわ……。いや、意外でもないのかしら。二年の間に状況が変わりすぎてもうよく分からないわ。正直みんなは私を悪女として遠巻きにしていると思っていたのに、カーティス様がリズさん派なのかどうかもよく分からない。

「この学園では、私は努力していない口先女だと思われているみたいよ」

カーティス様の方を見ながら口角を軽く上げる。カーティス様は苦笑《くしょう》した。

「俺は五大貴族じゃないけど、相手に話が通じるかどうかの区別ぐらいは出来るさ」

「僕は貴族ですらないけど、区別出来るよ」

ジルはカーティス様の言葉に乗ってそう言った。今度は私が苦笑してしまった。

「なぁ、アリちゃん」

急にカーティス様が真剣な目で私をじっと見る。

「なんですか？」

私もカーティス様をじっと見ながら言った。

「リズは賢《かしこ》い……が、あまりにもその……考えが浅はかだ」

「ええ、知っていますわ」

「……そうか。リズはこの国の——伝説にある聖女なんだろ？」

誰にも聞かれないようにか、カーティス様は声を落とす。

彼の瞳《ひとみ》はもうリズさんが聖女だと確信しているようだった。

「どうしてそれを？」

「陛下のリズに対する態度を見ていたら分かるさ。それにあの魔力《まりょく》で全属性——異質すぎる」

「この二年の間でだいぶ周知されたことなのね」

「彼女は純粋無垢《じゅんすいむく》で、世界は全て綺麗なものだと思っている」

「ええ、そうね」

私が肯定《こうてい》すると、カーティス様は私の耳元に口を近づけ、一呼吸置いてからそっと囁《ささや》いた。

「……国王はアリちゃんのリズと相反する黒い部分を利用しようとしている。俺の推測だと、いつか聖女の裏になれって言われるはずだよ」

「!!」

カーティス様はそれだけ言って去って行ってしまった。

裏？　表がリズさんで、裏が私？

「アリシア？　カーティスになんて言われたの？」

ジルが私の顔を覗き込むようにして聞いてくる。

「聖女の裏になれって……」

私の言葉にジルの顔が曇《くも》るのが分かった。

ジルは頭の回転が尋常《じんじょう》じゃないぐらい速いからその意味をすぐに察しただろう。

……裏なんて絶対に嫌《いや》だわ。

私は表舞台《おもてぶたい》で堂々と悪女になるの。どうして聖女の裏になんてならないといけないのよ。

「カーティスがそう言ったの？」

「というより……いつか陛下に言われるかもしれないって」

ジルの表情はさらに曇った。

陛下が私を利用していることは分かっている。別に利用されるのは良いのよ。ただ、悪女が裏になるっていうのが気に入らないわ。

「なんの話をしてたんだ？」

そこへ、急に聞き慣れた澄《す》んだ声が響《ひび》いた。

私は声がする方を振《ふ》り向《む》いた。窓の外にデューク様が立っている。

「久しぶりだな」

彼は手を伸《の》ばして私の頬《ほお》を軽く撫《な》でる。

朝っぱらから心臓がうるさくなるのは勘弁だわ。今日一日体力がもたなくなる。

……今ここで思いっきり窓を閉めたらどんな反応をするのかしら。

「ええっと……デューク様こそ、何をしているのですか？」

そろそろ手を離《はな》してほしい。じゃないと、顔から出る熱がデューク様に伝わってしまいそう。まぁ、もう伝わっていると思うけど……。

「愛情表現」

私の質問にデューク様は口の端を軽く上げて答え、からかうようにして私を見る。

「いりませんわ」

即座《そくざ》にそう言った。

自分の顔がますます熱くなる。デューク様を意識して赤くなるなんて、彼に負けたみたいじゃない。

……どうしたらデューク様に勝てるのかしら。

私はそうだ、と窓から外に出る勢いで両手を伸ばし、思いっきりデューク様の頭をわしゃわしゃと撫でた。

……やっぱり、サラサラの素晴《すば》らしい髪質《かみしつ》ね。

「なんだ？」

デューク様は大きく目を見開いて私を見る。

これで引き分けぐらいかしら。デューク様を驚《おどろ》かせたんだもの、なかなかやるわよね、私。

「愛情表現です」

そう言って勝《か》ち誇《ほこ》ったように笑ってみせた。私の言葉にデューク様は一瞬固まったようだが、すぐに顔を綻《ほころ》ばせた。

「へぇ、愛があるのか」

そう言ってデューク様はいつもの意地悪な笑顔で私をじっと見る。

「え？　いや、あの」

仕返しのつもりで言った言葉に反応されるとは思わなかった。

またデューク様の優勢になってしまったじゃない！

私のたじろぐ様子を見て、デューク様は満足げに口元を上げた。

「アリシアから愛をもらえるんだったら俺はなんだってする」

デューク様は私を真っすぐ見て、真面目な口調でそう言った。

自分の目が見開くのが分かった。一瞬時間が止まったようにも感じる。

そんな台詞、生まれて初めて言われた。前世でも言われたことはない。さっきまでの意地悪な表情で言ってくれた方が、まだ平静でいられたのに……。

もうどうしようもなく心臓が暴れ出してしまい、私は自分の顔に集まった熱をどうにか冷まそうと自分の頬に手を当てる。

「隠《かく》すなよ」

と言いながら、デューク様の手が伸び……——ガンッと、私の目の前を何かが勢いよくスライドした。ジルが思いっきり窓を閉めたのだ。

「いちゃいちゃするのは構わないけど、朝からはやめてくれる？」

ジルがデューク様の方を見ながらそう言った。

彼はジルに「妬《や》いたか？」と余裕《よゆう》の笑みを浮《う》かべる。ジルはその表情を見て少し不服そうな顔をした。

ジルってなんだかんだ言って私の味方よね。

……一気に顔の熱が引いたわ。それにしても、デューク様の攻撃《こうげき》が凄い。そもそも私ってデューク様のことを好きなのかしら。いや、勿論《もちろん》好きだけど、これが恋《こい》なのかどうかは分からない。

「そういえば、デューク様に狼の件を聞くのを忘れていたわ」

デューク様と別れて暫《しばら》くしてからそのことに気付いた。

カーティス様にも会ったのに……。

「肝心《かんじん》なことを話し忘れるって……ああ、なんだか朝からついていないわね」

「でも好きな人と話せたんだから良いんじゃない？」

そう言ったジルの表情が少し大人に見えた。

十一歳の男の子が言う台詞とは思えない。……二十歳《はたち》になったらおじいさんみたいな表情をするようになるのかしら。それはちょっと嫌ね。

「好きな人？」

聞き返すとジルが今更《いまさら》？　と言いたそうな表情で私の方を振り向いた。

綺麗な灰色の瞳が窓から差し込む太陽に反射して輝《かがや》いている。

「え、アリシアの好きな人ってデュークじゃないの？」

ジルは目を見開きながらそう言った。

「好きは好きだけど……これって恋愛なのかしら？」

「僕に聞かれても……。でも、そのペンダントってデュークからもらったんでしょ？」

ジルは私の胸元《むなもと》を指差しながらそう言った。

……確かに私は毎日デューク様からもらったペンダントをしている。けど、それを何故《なぜ》かと聞かれても返答に困る。

「私はジルのことも好きよ。その気持ちとデューク様のことを好きな気持ちって、違うものなのかしら？」

「違うよ」

私の問いにジルははっきり答えた。少し驚いてジルの方を見る。

「どうして断言出来るの？」

「天才だから」

ジルは目尻《めじり》に皺を寄せて笑った。

あら、可愛い顔。……ジルって将来絶対良い男になるわよね。

「私よりデューク様のことを好きな人はたくさんいるし、きっとデューク様のためになら命を捧《ささ》げてもいいって子もいると思うのよね」

「アリシアって恋愛に関しては相当ポンコツだよね」

ジルは呆《あき》れた調子でそう言った。

まさか年下にそんな台詞を言われるとは思わなかったわ。というか、どうして私はジルに恋愛相談なんかしているのかしら。

私は鈍感《どんかん》ってわけじゃないと思うけど、恋愛でいうところの好きの基準が分からないだけなのよ！

友達として好きなのか、恋《こい》する相手として好きなのか、それとも家族として好きなのか。リズさんみたいに皆《みな》に崇拝《すうはい》されているようなアイドル的存在として好きなのか……。ああ、考えれば考えるほど頭の中がぐちゃぐちゃになっていく。

「アリシアよりもデュークのことが好きだっていう子がいたとしても、デュークはアリシアが好きなんだよ。……誰かを愛するってことは、誰かを愛さないってことだよ」

ジルは真剣な表情をして、静かな声で私を見ながらそう言った。

その表情には幼さが欠片《かけら》もない。賢く知性溢《あふ》れる大人の表情をしている。

「何があっても、デュークがアリシアを思う気持ちは変わらないと思うけどね」

「私って性格悪いのよ？」

「……そういう部分をひっくるめて、デュークはずっとアリシアだけを見ているよ」

まるでそうだと自分自身に確かめるかのように、ジルは答えた。

……待って、それじゃあ、デューク様やジルは私の性格を悪いと思っていないのかしら。

「アリシア？」

ジルが不思議そうに私の顔を覗き込む。

「……そんなこと言って、今よりもっと性格の悪い女になったら、きっと逃《に》げ出すわよ」

全てを受け入れられてしまうだなんて、悪女として未熟ってことなのね。確かに、ジルは結構腹黒いから、私の性格の悪さなんてまだまだなのかもしれない。

……相棒に負けていられないわ。もっと悪女磨《みが》きを頑張《がんば》らないと。

「今更……っていうか、デュークの気持ちは揺《ゆ》るがないと思うけど。アリシア相手だと想いが届くのはいつになるやら……」

悪女磨きが足りなかった反省で頭がいっぱいで、ジルの呟《つぶや》きを私は聞《き》き逃《のが》していた。

「ところでジル、この学園で私って嫌われ者よね？」

誰もいないノスタルジックな雰囲気《ふんいき》が漂《ただよ》う旧図書室の奥で、私はジルに確認《かくにん》する。

「……そうだね、嫌われているね」

ジルはあっさり頷《うなず》いた。

「その嫌われ者の味方に、ジルとデューク様とメルとヘンリお兄様が……」

「うん。……そのせいで最近デュークの人気が落ちてきたみたいだよ」

いつの間にそんな情報を仕入れたのよ……。

「アリシアがデュークやヘンリを惑《まど》わせたと思われているみたいだよ」

それはあながち間違《まちが》いではないわよね。

本来ならヒロインとくっつくはずのデューク様が、あろうことか私を好きになっているんだもの。

「五人しかいないのに影響力《えいきょうりょく》は絶大だよ」

「ザ・悪者って感じよね」

思わず口元を緩《ゆる》める。

ああ、快感だわ。私の味方なんて不要だと思っていたけど、私の悪女効果が上がるのなら大歓迎《だいかんげい》よ。

悪女は孤高《ここう》に生きるものだと思っていたけど、味方も最強の悪い人達だってことになればもっと有名になれるわ。そしてこのまま歴史に名を刻むのよ。

それに、デューク様はこの国の王子。王子を惑わせる悪女なんて素晴らしい響きじゃない。

「陰《かげ》では闇《やみ》の組織とか、悪の塊《かたまり》とか言われているみたいだけどね」

「最高の展開だわ」

高揚《こうよう》した調子でそう言った。

「ブラックデビル」

「は？」

「アリシア、今そう言われているんだよ」

「じゃあ、リズさんは」

「ホワイトエンジェル」

ジルが吐《は》き捨《す》てるように言った。

なんて……なんて最悪なネーミングセンスなのよ。あまりにも安直すぎない？

「悪の塊までは良かったのに……」

私の言葉にジルは口の端を高く上げる。

……うっ、怖《こわ》いわ。この表情こそまさにブラックデビルよ。顔に真っ黒い影《かげ》が見えるわ。

「一部じゃアリシアは、ブラックエンジェルとも言われているみたいだよ」

「ブラックエンジェル⁉」

私は眉間に皺を寄せながらジルを見た。

「じゃあ、リズさんはホワイトデビルって言われているの？」

「それは知らない」

……どうして私にエンジェルなんて異名がつくのかしら。

私は天使って柄《がら》じゃない。まず私の顔の特徴からして悪魔《あくま》寄りだ。天使はまさにリズさんみたいな人のことを言うのよ。性格も、顔も……特にあの笑顔。

「最悪だわ」

額に手を当てて心の底から本音を吐いた。

最高の気分から叩き落とされたわ。さっきまでの興奮を返してよ。

「どこをどう見たらエンジェルなのよ」

「表では言われていないから安心して」

「どうしてそんなことまでジルが知っているのよ」

「情報なんて知ろうと思えばいくらでも手に入る」

流石《さすが》ジル、としか言いようがない。意地悪く笑う顔まで完璧《かんぺき》だ。

「アリシア派とリズ派でそのうち戦争が起こったりして」

「……どうしてそんなに楽しそうなのよ」

「アリシアの支持が増えていると思うと嬉しくてね」

私は誰だか分からない人に支持されても……と心の中でジルの言葉に突っ込んだ。

「まぁ、アリシア派はきっと自分がアリシアを支持しているとは言わないだろうけどね」

「圧倒的《あっとうてき》にリズさん派が多いものね。……で、実際その情報はどこから仕入れているのよ」

ジルを軽く睨《にら》む。彼は私を少し見つめてから諦《あきら》めたようにため息をついた。

「ヘンリだよ」

「ヘンリお兄様？」

「これ以上は内緒《ないしょ》。アリシアの知らないところで、僕は結構色々なことをしているんだよ」

ジルがそう言って含《ふく》みのある笑いを私に向けた。

どうしてそんな自分が勝ったみたいな表情をしているのかしら。

……ほとんど一緒にいるのに、私の知らないこともあるのね。

「結局狼についてはなんの情報も得られなかったじゃない」

私は小屋の前に立って空を睨みながら呟いた。

……濁《にご》った空だわ。こういう時は大体悪いことが起こるのよ。だから今日、狼に関しての情報が一切手に入らなかったんだわ。

……自分の目標を達成出来なかったのを空のせいにする私って器《うつわ》が小さいわね。

「そんな憂鬱《ゆううつ》そうな表情しないでよ。また明日があるし」

ジルは私を見ながらそう言った。

「あとさ、どうしてまた小屋に戻ってくるの？　もう魔法使えるんだよね？」

「二年も過ごすと愛着が湧《わ》くのよ」

「名前でもつけたら？」

「そうね、ジョゼフィーヌとかどうかしら？」

「……女の子なんだ」

どうやらジルは小屋を男だと思っていたらしい。でも、このこぢんまりとした感じは女の子っぽさがあると思うのよね。

「今日はじっちゃんの所に行く？」

「そうね」

私はそう言って森の方に足を向けた。

たった数日ぶりのロアナ村なのに、また少し空気が変わっているような気がした。

活気に溢れている……。ウィルおじいさんはまた一体何をしたのかしら。

「アリシア！」

レベッカが私の方に片足で見事なジャンプをしながら駆《か》け寄《よ》ってくる。

凄い筋力だわ。疲《つか》れないのかしら。この村で義足を作れる材料なんてないものね……。

レベッカの銀色の髪《かみ》がサラサラと揺れている。その髪が太陽に照らされて輝く様子を見てみたい。……ロアナ村にいつ太陽は現れるのかしら。

「レベッカ、片足でそんなに跳《は》ねてしんどくないの？」

私の言葉にレベッカは一瞬目を丸くしたがすぐに噴き出した。

「私、この足でも剣《けん》を持って戦えるよ」

レベッカはそう言って満面の笑みを浮かべた。

「剣を持って？」

いくら体幹がしっかりしていて腕力《わんりょく》があっても……戦えるほどの戦闘《せんとう》能力なんてそう身につかないんじゃないかしら。

「アリシアが頑張っているんだから、私も頑張らないといけないなって思ったの」

熱い瞳。私に忠誠を誓《ちか》った騎士《きし》みたい。

……この二年、きっと私には計り知れないほどの努力をしたのだろう。

「私、アリシアにこの村の救世主になれって言われたでしょう？　約束は守るよ」

レベッカは目を細めて笑った。

こういう時、悪女ならどうするのかしら。

レベッカが本当に強くなったのかどうか、確かめる必要があるわね。

「ならその実力を見せてみなさい」

レベッカを見据《みす》えながら挑戦的《ちょうせんてき》に言った。彼女は私の言葉に大きく目を見開く。

「レベッカに剣の腕《うで》を聞くなんて愚問《ぐもん》だな」

いきなり若い男性の棘《とげ》のある声が聞こえた。

「誰？」

いきなり現れた男の方を私はじっと見る。

濃《こ》いブルーベリー色の髪の毛に少し吊《つ》り目で顔の真ん中に誰かに斬られたような大きな傷がある。なかなか悪そうな見た目だ。

「俺はネイトだ。ウィルは今、会議をしているから俺が来た」

男は私を見下ろすように目の前に立った。

背が高く、良い筋肉を持っている。それによく見たら顔も整っているし……。

また美形……ああ、たまには不細工を見たいわ！

「あんた、名前は？」

ネイトは私を軽く睨む。私は姿勢を正し臆《おく》することなく彼の方を見た。

「私はアリシア。ウィリアムズ・アリシアよ」

「……どうしてあんたみたいな貴族令嬢がこんな所にいるんだよ」

ネイトは嫌そうな表情を私に向けた。

……まぁ、それが当たり前の反応よね。貴族が歓迎《かんげい》されるはずないもの。

「剣も触ったことのないようなお嬢《じょう》ちゃんこそ場違いじゃねえのか？　なぁ、お前らもそう思うだろ？」

私を馬鹿にするようにネイトは声を上げて周囲を軽く見渡《みわた》す。周りにいた人達は皆、腕を高く上げてネイトの意見に賛同した。

「ネイト！　やめて」

レベッカはネイトに向かって怒鳴《どな》った。

「おいレベッカ、こいつの味方するのかよ」

ネイトはレベッカに鋭《するど》い視線を向ける。その声と同時に周りの声が止《や》んだ。

……ネイトはリーダー的な存在みたいね。

「アリシアは私の命を救ってくれたのよ。それに彼女は剣だって使えるわ」

あら、どうして私が剣を使えることを知っているのかしら。ここで剣術《けんじゅつ》を披露《ひろう》した覚えはなかったと思うけれど。

「お前の足を切り落とした時だろ。あれぐらいなら誰だって出来る。まぁ、お嬢様《じょうさま》であれが出来たのは凄いかもしれないけどな」

なかなか良い表情で私のことを嘲笑《ちょうしょう》してくれるじゃない。悪そうな表情は大好きよ。

「そもそもお嬢ちゃんは魔法が使えるんだろ？　剣なんて必要ねぇじゃねぇか。俺らを嘲笑うためにここに来たのか？」

ネイトの視線が私に移った。なんて憎《にく》しみのこもった目なのかしら。

「ウィルに目をあげたかなんだか知らねえけど、お前は余所者《よそもの》」

黄色い瞳……私の目に少しだけ色が似ているわね。私が呑気《のんき》に考えていると、いきなり隣《となり》から凄《すさ》まじい殺気を感じた。ジルがネイトを今にも殺しそうな勢いで睨んでいる。

「アリシアは」

「ジル、いいわ」

私はジルの言葉を遮《さえぎ》った。それと同時にネイトの目がジルへと移る。

「おい、ジル。お前、この村から出たくせにまた戻って来てどういうつもりだ？　裏切り者」

吐き捨てるようにネイトは言った。彼の目は怒《いか》りと憎しみで溢れている。

……そうよね。皆、この村から出たいのよね。それなのにたった一人特別な人間を作ってしまった。

しかも幼い少年……。だけど、きっと彼の価値を皆は知らない。

ああ、なんだかまた面倒くさいことになってきたわ。とにかく少し彼を黙らせましょ。

「……私、レベッカより強いわよ」

「は？」

ネイトが片方だけ眉《まゆ》を上げる。

「アリシア、自分で言うのもなんだけど、それは」

「ないな」

レベッカの言葉より先にネイトが力強く言った。

「アリシア、顔がにやけているよ」

ジルには私の意図が分かったみたいだわ。

殺気が嘘《うそ》だったかのように、彼は嬉しそうな表情で口の端を上げる。

「なら試《ため》してみる？　剣の腕」

「は？」

微笑む私に対してネイトは顔をしかめた。

「私の相手をしてくれるのは誰？　レベッカ？　それとも貴方《あなた》？」

「本気で言ってるのか？」

「当たり前じゃない」

腕に巻いてあった細いリボンをほどき、それで髪を一つに束ねる。

レベッカまで私を怪訝《けげん》な表情で見ている。

緊迫《きんぱく》した空気が漂う。周りが次のネイトの言葉を今か今かと待っている。

「俺が相手だ」

ネイトは私を静かに睨み、剣先《けんさき》を私の方に向けた。

あら、いきなりラスボスと勝負するのね。今なら体力もありあまっているし、全力で勝負出来るわ！

「これを使え」

……左腰の剣を抜《ぬ》いた？

今さっき右から剣を抜いたわよね？　……もしかして二刀流？

二つの剣を持って戦うなんて相当筋力がいる。私は彼の腕を観察した。

なんてボリュームのある腕なのかしら。かなり鍛《きた》えているわね。

「レベッカ、あなたの剣を貸して頂戴」

「え？　……でも、質は変わらないと思うけど」

レベッカが戸惑《とまど》うのと同時にネイトが声を荒《あら》らげた。

「は？　俺の剣が使えないってのか？」

「違うわ。本気で私と戦ってほしいのよ。貴方、本来剣を二振り使って戦うんでしょ？」

私が微笑みながらそう言うと、ネイトは驚いた表情を浮かべる。

「ハッ、よく気付いたな」

ネイトは顔をしかめつつも軽く笑う。レベッカも私の方へやって来て、剣を渡《わた》してくれた。

ネイトの剣と同じぐらいの重さとぼろさ。なかなか使い込んでいるわね。レベッカが相当努力してきたって剣が語っているわ。

私はネイトの方に目を向ける。彼はすでに剣を構えて私を見ていた。

体に突き刺さるような殺気……素晴らしいわ。

私は口角を上げてネイトを見る。その様子に一瞬ネイトが怯《ひる》んだ。こちらの本気が伝わったようだ。

「二人ともなんて殺気だ」

「特にあの嬢ちゃんからの殺気は……鳥肌《とりはだ》が立った」

誰かの話し声が聞こえる。

「いつでもどうぞ」

ネイトを挑発《ちょうはつ》するように見つめる。

「あんまりなめていると痛い目見るぞ」

ネイトは私を真っすぐ見据えた。その瞬間、飛びかかって来る。

……なんて脚力《きゃくりょく》。

彼が振るう剣を私は各方向から受け止める。

……それに、速い。

重く力強い振りをこの速さで続けられるなんて相当筋力がないと出来ない。

剣の腕は今まで戦った中では一番じゃないかしら。

「凄いぞ、あの子……」

「ネイト隊長と互角《ごかく》で戦っているぞ」

「剣の動きが速すぎて見えん」

「隊長は本気だ……なのにあんな細腕《ほそうで》であの剣を受け止められるなんて信じられない」

どんどん周りが騒《さわ》がしくなっていく。

「アリシア！」

ジルの声が聞こえたのと同時に、目の前に剣の先が見える。

物凄いスピードのはずなのにそれはゆっくりと動いているように見えた。剣を避《よ》けたのと同時に私の髪の毛がぱらぱらと地面に落ちる。

……油断していると間違いなく死ぬ。ネイトは私を殺しにきている。

「あれを避けるなんて……」

「……魔法を使っただろ！」

「ああ、そうか、魔法だ。姑息《こそく》な手を使いやがって」

「貴族はやっぱり汚いことばかりしやがる」

急に私に向かって野次が飛んでくる。

「黙れ」

ネイトは鋭い目つきで野次を飛ばしている連中を見る。一瞬で彼らは押し黙った。

「こいつはそんな卑怯《ひきょう》な手を使ってねえよ」

私の方を軽く見て、ネイトは口角を上げた。

あら、案外いい人ね。正々堂々と戦う奴《やつ》は好きってタイプの人間かしら。

「それ僕が言おうと思ってたのに」

ジルは少し残念そうな表情をする。

「お嬢ちゃん、いい腕してるな」

「貴方もね」

一呼吸置いた後、彼はまた攻撃態勢に入った。

一本剣が増えただけでこんなにも強いなんて。……その技術が欲しいわ。

「素早《すばや》い動きに目が追いつかない」

「令嬢様は防戦一方だし、これは隊長が勝つんじゃないか？」

「何言ってるんだよ、隊長が勝つのは当たり前だろ。ここで一番強いんだぞ」

剣の動きに集中しすぎて、周りがなんて言っているか分からない。

……早く反撃《はんげき》に出たいのに、全く隙《すき》がないのよね。

「これで終わりだ」

勝利を確信したのか、ネイトは目を光らせながら口角を上げる。

……なんて悪そうな顔なのかしら。最高だわ。

でも、私は絶対に負けないわよ。

向かってくる剣をよく見て、隙を探す。焦《あせ》らず、冷静に。絶対どこかに隙があるはずだ。

ネイトは思い切り足を踏《ふ》み出して地面を蹴《け》り、私を頭上から叩き潰《つぶ》そうとした。

……お腹《なか》だわ。

私は剣から手を離して一歩踏み込むと、剣を避けるのと同時に彼の腹に全力で拳《こぶし》を入れた。その勢いで彼が吹《ふ》っ飛《と》ぶ。

静寂《せいじゃく》に包まれた空気の中、私はネイトを見下ろした。彼は立ち上がりながら肩《かた》を震わせている。

もしかして、泣いているのかしら……流石にそんなわけないわよね。

「最後は素手《すで》かよ」

……笑っている？

「俺の負けだ。馬鹿にして悪かった」

彼は肩を竦《すく》めながら私を見て、小さく笑った。

認めてくれたってことかしら？

「ウィルが言ってた通り、とんでもない動体視力の持ち主だな」

……え？　ウィルおじいさんが何故そんなこと知ってるのかしら。

「ウィルの目ってお嬢ちゃんの目なんだろ？　前に言っていたぜ、素晴らしい眼《め》だって、彼女が見ている世界はこんなにも美しく綺麗なのかって」

私の疑問を読み取ったかのようにネイトは口を開いた。

ああ、なるほど。私の目の能力がそのままウィルおじいさんに渡っていたのね。

……けど、私の見ている世界は結構汚《けが》れていると思うわ。だって悪女の瞳よ？　世界が美しく見えているとは思えない。

「魔法も凄くて、剣術も凄くて……最強以外の言葉が見つからない」

レベッカが目を輝かせながら私を崇拝するように見ている。

「最強なんかじゃないわ。私より強い人はまだまだいるわよ。これ、返すわね。有難う」

私はレベッカに剣を渡そうとしてふと思い出した。

……そうだわ、私、もう魔法が使えるんだったわ。

指を軽く鳴らす。

すると、黒く煌《きら》めいたオーロラみたいなものが剣の周りを囲んでいく。勿論、ここにある全ての剣に魔法をかけた。

黒いオーロラが消えると同時に剣の刃《は》こぼれがなくなり、錆《さ》びた部分もすっかり綺麗になった。良かったわ、ちゃんと魔法が使えて。私は内心ホッとした。

皆の目が輝いている。ネイトも目を見開いて自分の剣を見つめている。

あの剣で私の髪の毛を切ったのだから、今の剣で戦っていたら被害《ひがい》はもっと大きくなっていたかしら……。切られた場所が毛先だけで良かったわ。

「これは……」

「あのぼろぼろの剣がこんなにも立派になるなんて」

何人かはあまりの感動で何度も剣を矯《た》めつ眇《すが》めつしている。

改めて魔法の凄さを感じるわ。確かに、魔法を使えるだけで他の人より優位に立てる。

……ロアナ村に来なかったらなんだかんだとそのことに気付かなかったかもしれない。

では、魔法を使えない彼らは一体何に守られているのかしら。

国？　……国に守られているならこんな村を作るはずないか……。

貴族の中には魔法を使えても何も出来ない人だっているわ。

私は強く賢い悪女になりたいけど、同時に弱い者を守れる人間になりたい。

昔はただ強くなることだけを考えていたけど、二年の間にひたすら自分のレベルと鍛錬《たんれん》と向き合って、今は少し考え方が変わった。

勿論、悪女になりたいって気持ちは変わらない。

だって、強い人間は弱い者を守らないといけないものでしょう。だから、私達貴族が魔法を使えるような世界になったんじゃないかしら。

「アリシア、どうしたの？」

ジルが私の顔を覗き込むようにしてそう言った。

……当たり前のことだけど、人の目をしっかり見ながら話せるって大切なことよね。数年前の人と関わることを怖がっていたジルとは思えないわ。

「悪女としての在り方を改めて自覚したのよ」

「どういう意味？」

「弱者は強者に従うべきなのよ」

「それで？」

ジルは私に説明を求めるように聞いてくる。

……なんでそんなに突っ込むのよ。新手の虐《いじ》めかしら。私だって今改めて自覚したばかりのことなのに。まぁでも、ジル相手じゃ諦めるしかないわね。

「同時に強者は弱者を守らないといけない」

私は自分の決意を固めるように静かにそう呟いた。

「アリシアらしい結論だね」

ジルは私の言うことをあらかじめ知っていたかのように落ち着いた様子で頷いてくれた。


朝日の眩しさで私は目が覚めた。小屋のベッドから起き上がり、小さくため息をつく。

昨日、結局ウィルおじいさんには会えなかった。実際問題として、ウィルおじいさんが貴族に戻れるかというと、それはまた別の話で、結局何をどうしたらいいかの根本的解決の糸口は見つからないままだ。リズさんがロアナ村を救うっていうイベントはゲーム内にもない。ただ、綺麗事《きれいごと》を言うだけで、実際にロアナ村に立ち入ることはない。あの村を救うのは紛《まぎ》れもなくウィルおじいさんなのだ。

全ての問題が解決するのは一体いつになるのかしら。……剣の素振《すぶ》りでもして無心になろう。

私は剣を持って、体を上に伸ばしながら小屋の外に出た。

「アリシア？」

私を呼んだのは意外な声だった。

ジルが私より先に起きて外にいるのは分かる。そこにヘンリお兄様がいるのも分かる。

……問題は……どうして彼がいるの？

「久しぶりだね」

ポールさん――植物屋を営んでいる――が私の方を見て微笑んでいた。

「とっても綺麗になったね、アリシア。……目、大丈夫《だいじょうぶ》？」

ポールさんは自分の左目を軽く指差しながらそう言った。

「ええ、大丈夫ですわ。……それよりどうしてポールさんがここに？」

私の質問にヘンリお兄様とジルが顔を見合わせ、まるでいたずらがバレた少年のような顔をする。

「ヘンリに紹介《しょうかい》してもらったんだよ。ポールの話をアリシアも一緒に聞いた方がいいんじゃないかって」

「アリ、ポールは俺達に情報をくれてるんだ」

嘘でしょ、ポールさんって情報屋だったの？　副業かしら？　それとも植物屋が副業？

「ジルがやたら情報通だったのは、学園内でのことはヘンリお兄様から聞き、町で起こっていることはポールさんから聞き、ロアナ村には自分の足で行き、全ての情報を網羅《もうら》していたからってわけね」

私が感心しながら言うと、ジルは誇らしげに口の端を軽く上げる。

……なんて子なのかしら。

「ロアナ村？」

ポールさんは怪訝そうに私達を見る。

……そうだったわ、私の周りにいる人達はロアナ村のことを知っているから、いつもの調子でつい話してしまった。

ポールさんはジルがロアナ村出身だって知らなかったのかしら。

「昔、ポールさんからいただいたジョザイアは、ジルの病気を治すために使ったの」

「え？」

私の言葉に、ポールさんではなくジルが声を上げた。

ジルも自分の病気を治したのがポールさんの店の薬草とは知らなかったものね。なんだか、数年越しのドッキリ大成功みたいな展開だわ。

「僕らはその時から繋がっていたみたいだな」

ポールさんはいつもの癒《いや》しの笑顔を浮かべた。

「まさか、五大貴族の令嬢がロアナ村に行っていたなんて驚いたよ」

「ええ、この秘密がバレる度に、驚かれますわ」

私の言葉にポールさんは苦笑した。

「ジルは……ロアナ村出身なんだな」

ポールさんはジルをじっと静かに見つめる。

「言ったらまずかったかしら？」

私はジルにしか聞こえないような声でそっと呟いた。

「いや、いつかはバレることだし……それに慣れているから大丈夫だよ」

そんなものに慣れないでほしいけど、差別がある以上そんなことは簡単に言えない。

……とはいえ、ポールさんはロアナ村に対して良い印象を抱《いだ》いていないようだ。いくら見た目が優しそうでもそういう感情はあるのね。ジルの賢さは認めていてもやはり彼は貴族だし、そんな感情があってもおかしくはない。

「ロアナ村出身なのに、魔法学園に通っているのか？」

ポールさんは探《さぐ》るようにジルの方に目をやった。

……ああ、やっぱり警戒してる。これは私のミスね。これからはもっと考えてから言葉を発するようにしないと。

「私の助手という形で通っていますわ」

「国王陛下はそのことを知っているのか？」

「ええ」

ポールさんは難しい表情を浮かべた。

なんだか雲行きが怪《あや》しくなってきたわね……ポールさんがジルの秘密を誰かに言いふらしたら面倒だわ。何か手を打たないと……。悪女らしく脅《おど》してみようかしら。

「ポールさん、このことは内密にしていただけます？　口外するようなら……殺します」

私の言葉にポールさんの表情が固まった。私は話を続ける。

「それに、ポールさんが思っているほどロアナ村は悪くないわ。噂《うわさ》や本で知識を身につけることはとても素晴らしいけれど、本当にそれが真実なのかと疑ってみてください。私は実際にその場所に行ったのでロアナ村のことをよく知っているつもりですわ。かなり素晴らしい人材がいるわよ」

私はにやりと口の端を上げて微笑む。

「分かった。言わないさ。まぁ、美女に殺されるなら悪くないかもしれないけどね」

そう言ってポールさんは軽く笑った。……ポールさんってこんなキャラだったかしら。

「お約束出来る？」

私の念押しにポールさんは苦笑いする。

「僕がヘンリとジルに情報を与《あた》える代わりに、何をもらっていると思う？」

「……さぁ？」

「お金さ」

「はい？」

私は思わず聞き返してしまった。

「僕は植物とお金が好きなんだ」

彼の容姿でそんなことを言われたら人間不信になってしまいそうだわ。

「正直、ロアナ村にはまだ偏見《へんけん》を抱いたままだが、ジルのことは嫌いじゃないさ。……それに、ジルみたいな人間が他にもいるのなら、ロアナ村は本当に悪くないのかもしれないね」

なんだか少しポールさんの黒い部分を見てしまったような気がするわ。人類皆平等、平和第一って感じの穏《おだ》やかな考え方の人だと思っていた。……これも一種の偏見ね。

「だからこそ信用出来るんだよ」

そう言って、ジルは口の端を高く上げた。

「それで、狼の件はどうなったんだ？」

ヘンリお兄様が真剣な口調でポールさんに尋《たず》ねる。

……狼？　もうその話をジルはヘンリお兄様にしていたってこと？

なんて仕事が早いのかしら。

ヘンリお兄様の言葉に、急にポールさんの目の色が変わった。

「あの狼は誰かが魔法学園に送り込んだものだ」

「「やっぱり」」

私とジルの声が見事に重なる。

「アリシアもジルも、知ってたのか？」

「なんとなくそんな気がしただけだよ」

「野生の狼が魔法学園にふらっと現れるなんておかしいもの」

「それって、ラヴァール国の狼だった？」

「……ああ、そうだ。さすがだな」

ジルの言葉にポールさんはもう驚かなかった。代わりにゆっくり深く頷く。

「俺が知りたいのは、狼をこの国に連れ込んだ奴は何者なんだということだ」

ヘンリお兄様は少し苛立《いらだ》ったように言う。

「それもあるけど、その狼はどうなったの？」

私の言葉にポールさんとヘンリお兄様が気まずそうに固まった。

これは……どういう反応かしら。

でも狼の生存確認ぐらい普通《ふつう》するわよね？

「リズが一旦魔法で取り押さえた後、逃がしたみたいだ」

ヘンリお兄様が言いづらそうな口調で言う。

はい⁉

「……逃がした？」

「狼を？」

「人間を襲《おそ》ったんでしょ？」

「どこに逃がしたの？」

私とジルが次々とヘンリお兄様を責めるように質問した。

ヘンリお兄様に聞いていても無駄《むだ》だと分かっていても聞かずにいられない。

「分からない。だが、リズには言っていないが、その狼は次の日死体で発見されている」

「誰かに殺された？」

ジルが難しい表情をして低い声を発する。

……なんだか話が重いわね。

「キャザー・リズは動物を大事にする女を演じたかったんだよ」

そう言ったジルの目に光はなかった。

「狼もキャザー・リズが仕組んだとか」

「さすがにそれはないだろ」

ヘンリお兄様は苦笑いしつつジルの憶測《おくそく》を否定する。

「だって普通は自分を虐めていた奴なんて庇《かば》わないよ。キャザー・リズは、狼が自分のことを殺さないと分かっていて、あえて皆の前で庇ったんだ」

「……確かにそれは人気が上がるな」

ポールさんはジルの言いたいことを理解したみたいだ。

待って、それは深読みしすぎだわ、彼女はヒロインよ。そんな策を立てて自分の人気が上がるなんて無駄なことをする必要はない。ジルのリズさん嫌《ぎら》いが偏《かたよ》った考えを生んでしまっている。

「疫病神だな」

ジルは半笑いで毒を吐いた。

……良くない傾向《けいこう》だわ。

「ジル」

私はジルの目を真っすぐ見ながらそう言った。

彼は私が何を言いたいのかすぐに悟《さと》ったようだ。ゆっくり口を閉《と》ざす。

「主観的に物事を見すぎよ。事実だけを捉《とら》えて客観的に見なさい」

彼の瞳を見つめたまま私は話を続ける。

「事実を整理しましょう。まず、狼にだけ焦点《しょうてん》を当てると、何者かの手によって狼はラヴァール国からこの国に入り、魔法学園に侵入《しんにゅう》した。狼はリズさんに取り押さえられた後、どこかに逃げて、次の日死んでいた……ここから考えられることは?」

三人の顔を一瞥《いちべつ》する。彼らはただ渋《しぶ》い表情を浮かべているだけだった。

誰が狼をこの国に送り込んだのかがやはり要点になるわね。でも、現段階では全く手がかりがない。

「狼の遺体に首輪はなかったの？」

ジルの質問にヘンリお兄様は小さく首を横に振った。

「ああ、なかった」

首輪はなかったけれど、ラヴァール国の狼だってことは確定されているのね。

だって他に考えられないもの。……例えば、国外追放されたウィルおじいさんに近しい頭脳を持つ人達が仕組んだってこともありえるんじゃないかしら。彼らなら鉄の首輪なんて魔法で簡単に壊《こわ》すことが出来るし、それにこの国を恨《うら》んでいるわ。

……だとしても、どうして魔法学園に狼なんか入れるのかしら。動機が思いつかない。

魔法学園の様子を知るためだけにわざわざ来たわけではないだろうし。今のデュルキス国の強さを探るため？　ただ、狼はリズさんの近くに現れた……。

私はハッと顔を上げてジルを見た。彼は灰色の瞳を光らせながら低い声で呟いた。

「狙《ねら》いは聖女――キャザー・リズか」


「ここに狼が現れたんだ」

ヘンリお兄様は狼が現れた場所まで私達を案内してくれた。

……特に何もない場所。

「何か痕跡《こんせき》が残っているかも」

ジルは周辺をまんべんなく見渡す。

狼を魔法でここに転送した可能性も考えられる。元デュルキス国の人達が犯人なのであれば、魔法学園に詳《くわ》しいに決まっているわ。

「私達も何か探しましょ」

ヘンリお兄様は少し難しい表情を私に向ける。

「アリ、俺が何を言っても意味ないだろうけど……危険なことはするなよ」

「……危険な目にはもう何度も遭《あ》っているわ」

「今回は他国が絡《から》んでいる。デュークに任せておけ」

「陛下じゃなくてデューク様に？　……ヘンリお兄様、デューク様に何か言われたの？」

私は探るようにヘンリお兄様を見た。彼は私の質問に少し焦った様子で笑顔を作った。

「俺がどうかしたのか？」

……どうしてこういつもタイミングを見計らったかのように現れるのかしら。

私は声がする方をゆっくり振り向く。

「どうもしていませんわ」

私の笑顔での拒絶《きょぜつ》にデューク様は少し顔を曇らせた。青い透《す》き通《とお》った瞳が私をじっと見つめる。

「……狼の件が気になって、探っていたのですわ」

デューク様の無言の圧に耐《た》えられなくなり、私はしぶしぶ口を開いた。デューク様はすぐにヘンリお兄様を責めるように見る。

「その話はするなと言ったはずだ」

「アリは言い出したら聞かないんだ。知っているだろ？」

「この件が危ないことは伝えただろ？」

「ああ。だが、文句ならエリックに言ってくれよ。俺もまさかあんな風にバレるとは思わなかったんだ」

ヘンリお兄様が苦笑しながらそう言った。

つまり、危険に巻き込みたくなかったから二人とも私に黙っていたってこと？　酷いわね。私、これでも結構戦闘能力は高いんだから。今は片目しか見えないから若《じゃっ》干《かん》腕は落ちているかもしれないけど、それでもいざとなったら戦えるわ。

「私にもその情報を頂戴《ちょうだい》」

「……だめだ」

「私なら大丈夫よ」

「惚《ほ》れた女にわざわざ危険な情報を渡すと思うか？」

デューク様の真剣な目に気圧《けお》された。どうしてかしら、私、彼の目に弱いのよね。

私は小さくため息をつく。頑固者《がんこもの》だけど、私だって馬鹿じゃないわ。ヘンリお兄様がこの件はデューク様に任せろって言ったのは、こういう意味なのね。

「では、一つだけお聞きしたいのですが、リズさんが何者か――聖女と知っている者は他国にいますか？」

「それはまだ分からない」

私の質問にデューク様は眉間に皺を寄せる。

「そうですか……。では私はこれで」

「アリシア」

私がその場から立ち去ろうとした瞬間、デューク様に静かに名前を呼ばれた。

呼ばれ慣れているはずなのに、何故か心臓が少し跳ねた。

私を真っすぐ見るデューク様の瞳は優しさに溢れているように見える。

「いつか、アリシアの気持ちも聞かせてくれ」

「私の気持ち……？」

私の気持ちってなんのことかしら。ちらりとジルの方に目を向ける。

「アリシアってほんと、考えは大人なのに恋愛に関しては赤《あか》ん坊《ぼう》だね」

「俺からも頼むよ。アリがデュークをどう思っているか、デュークに伝えてやってくれ」

続いてヘンリお兄様も少し苦笑いを浮かべながらそう言った。

「アリシアは受け取るばかりで一度もデュークに自分の気持ちを言ったことがないよね……」

「アリの気持ちが分からないのに、ずっと思いを伝え続けるって……どんな拷問《ごうもん》だよ」

うっ……二人してそんなに私を責めないでほしいのだけど。デューク様は黙ったままだ。

一体何を考えているのかしら。

「人気者の美形優秀《ゆうしゅう》王子をこうまで翻弄《ほんろう》するなんてほんと悪女……」

そこまで言ってジルは口に手を当てた。私は思わず口元を綻ばせる。

「ええ、王子を翻弄する立派な悪女なのよ、私」

ジルはしまった、という表情で私を見る。

まさかジルに悪女って言われる日が来るなんて……今日は素晴らしい日だわ！

「悪女って言われて破顔する令嬢はアリぐらいだな」

ジルはヘンリお兄様の言葉に深く頷いた。

いつか自分の気持ちに自信が持てるようになったら、悪女らしく答えを出そう。黙ったままのデューク様を見ながら、私は心にそう誓った。

「ジョン先生が言っていたんだけど、ラヴァール国で流行《はや》っている斑点病《はんてんびょう》は、魔法では治せないらしいよ」

「でもマディで治るんでしょ？」

「まあね。けどマディは重宝されている薬草だから滅多《めった》に手に入らない」

「魔法でマディを複製したらどうなの？」

……そうよ！　マディを複製したら、多くの人が助かる。こんな簡単なことどうして今まで気付かなかったのかしら。この国では斑点病は全くと言っていいほど流行っていないけど、試してみたいわ！

好奇心《こうきしん》がどんどん膨《ふく》らんでいく。

「私、ラヴァール国に行こうかしら」

「は!?」

ジルが頓狂《とんきょう》な声を上げた。しまった。つい、心の声が漏れてしまったようだ。

でも私なら役に立つと思うのよね。複製魔法は私の闇魔法レベル82で使えるようになる。

……複製魔法がどうして闇魔法特有かはさておき、この魔法は絶対役に立つ。

とにかく、ラヴァール国の今の状況を自分の目で見てみたいのよね。

ロアナ村同様、実際に見ないと分からないことの方が多い。

……でも、国外に行ける人間は限られている。私にそんな特権はない。

もし、ラヴァール国がリズさんの聖女の能力を狙って彼女を攫《さら》おうとしたのなら、代わりに私が攫われてあげるのに……。

それにこの国からリズさんがいなくなってしまっては私の存在意義が失われるわ。聖女は悪女にとって必須《ひっす》なのよ。

「ねぇ、アリシア、また変なこと考えてないよね？」

ジルは目を細めながら私をじっと見る。

今考えていたことを口にしたら、絶対に反対されるわよね。

「別に。なんにも？」

揶揄《やゆ》するように答えた私にジルはまだどこか納得《なっとく》していないような表情を浮かべた。

……信用されていないわね。まぁ、ジルの勘《かん》は間違っていないのだけど。

私達はそのまま食堂に向かった。

またも人が大勢集まっている。どうしていつもここは騒がしいのかしら。何も起こらない日がないじゃない。

「入る？」

「やめておきましょ」

即答《そくとう》する。

あの騒動《そうどう》の中に入るなんて絶対に嫌だわ。どうせまた面倒なことに巻き込まれる。

私達が食堂に背を向けて歩き出そうとした瞬間、誰かの叫《さけ》び声《ごえ》が聞こえた。

「おい！　ウィリアムズ・アリシアが来たぞ！」

……引き返そうとしたところなのに。

私を一瞬で発見するなんて、私のことを好きなのかしら。

「またアリシアが関連している事件が起きたんじゃない？」

ジルは少しにやつきながら言う。

どうして私の知らないところで私に関連する事件が起きるのかしら。悪役令嬢も生半可な気持ちじゃやってられないわね。

「ジル、楽しんでいるでしょ」

私は少し声を落としてジルを軽く睨む。

「まあね、だってアリシアが何かする度《たび》に陰でアリシアの人気が上がっているからね」

「私は人気じゃなくて悪評が欲しいの」

「それは置いておいて、行くの？　行かないの？」

「行くわよ」

行かなかったら私が負けたみたいじゃない。強くそう言ったのと同時に食堂の中へと足を進めた。

誰も何も喋らず、ただ大量の視線だけが私に突き刺さる。

皆に見られていると思うと自然と背筋が伸びるわね。

「あら」

思わず出た第一声がそれだった。

……これは髪の毛？

床《ゆか》に散乱した珍しい薄紫色《うすむらさきいろ》の綺麗な髪が目に入った。

「ようやく本人がご登場よ」

少し高く張りのある声はどこか聞き覚えのあるものだった。声の主に目を向ける。

……ジェーンじゃない。久しぶりだわ。

先日振り払った時の怪我はもう良くなったみたいね。それとも治癒魔法《ちゆまほう》かしら。

「元気そうね、ジェーン」

「貴女《あなた》に名前を呼ばれるなんて不愉快《ふゆかい》だわ」

私が声を掛けると、彼女は顔をしかめた。あらあら、随分嫌われたようだこと。

それもそうか、反射で力の加減が出来ずに吹っ飛ばしたんだもの。

私に不愉快なんて言葉を使うとはなかなかいい度胸をしているわ。

貴女とは戦いが終わっていないような気はしていたの。リベンジってわけね。

「アリシア、相手は多分彼女じゃないと思うよ」

ジルが私に小声で言った。

……え？　違うの？

「あの子が問題なんじゃない？」

そう言って、ジルはジェーンの後ろを指差した。その先に目を向ける。

そこには、髪の毛を無惨《むざん》に切られた女子生徒が座り込んでいた。

彼女がこの薄紫色の髪の持ち主ね。

「なかなか悲惨《ひさん》な状況ね。どういうことかしら？」

「彼女ね、貴女に憧《あこが》れているんですって。長い髪も貴女のその艶《つや》のある美しい……不気味な髪に憧れて伸ばしていたみたいよ」

ジェーンがいきなり私を睨みながら話し始めた。

随分丁寧《ていねい》に説明してくれるのね。私の髪の毛質まで。

「それで？」

続きを促《うなが》すと、ジェーンはいきなり嬌声《きょうせい》を上げた。

「貴女に憧れているなんて虫唾《むしず》が走るのよっ！　だから私がこのハサミで切ってあげたの。泣き叫んでいたわよ！　あんたなんかに憧れるからこんな目に遭うのよ！」

渾身《こんしん》の力で叫んだ後、ジェーンは床に座り込んでいる薄紫色の髪の毛の女子生徒を睨んだ。

……どうやら久しぶりに会ったジェーンは、随分危ない人に変化してしまったみたいね。委員長らしさはもうどこにもない。私が吹っ飛ばしたせいかしら……。

「それで、私にどうしてほしいの？」

「貴女のせいで彼女はこんな惨《みじ》めな姿になったのよ？　なんとも思わないの？」

「思わないわ」

私が即答すると、食堂内の空気が一瞬で変わった。

……あら、この空気知っているわ。私を非難する空気。

ジェーンは目を見開きながら口を開く。

「最っ低ね」

「……失礼ね。そもそも私は彼女のことを知らないし、弱い者に興味はないのよ」

「自分のせいであんな姿になっているのよ？」

「勘違《かんちが》いしないで。あれは私のせいじゃないわ。貴女のせいよ」

「私にそんな行動をさせたあんたのせいよっ！」

彼女は少し焦ったように大声を上げた。

……私に叩きのめされたことが相当ショックだったみたいね。

「そうよ、アリシア様じゃない。私の大事な髪を切ったのはあなたよ」

あら、素敵《すてき》な声ね。

私はジェーンの後ろにいる薄紫色の髪の女子生徒に目を向ける。彼女は立ち上がり、じっとジェーンを睨んでいた。

物凄い迫力《はくりょく》ね。それに髪は乱れているのに立ち姿に気品がある。

「彼女、本当にアリシアに憧れているね」

「そうかしら」

「姿勢とか人を射貫《いぬ》くような睨み方とかそっくり」

ジルは彼女を観察しながら淡々《たんたん》と言いきる。私は床に散らばった薄紫色の髪をじっと見た。

……これまた凄い子が現れたわね。

ジェーンは薄紫色の髪の女子生徒を豪快《ごうかい》に鼻で笑った。

「あんたがこいつを好きだなんて妄言《もうげん》を吐くからでしょ？」

ジェーンはハサミを彼女の方に向けた。今にも相手を刺しそうな勢いだ。

……この事態に、悪女に憧れる彼女はどう対処するのかしら。

私は黙って彼女を見つめる。葡萄色《ぶどういろ》の瞳が大きく見開いていた。

ジルが私を試すように見る。

「どうするの？」

「髪を切られたのは彼女。どうするかは彼女が決めることだわ」

私の言葉は思ったよりも食堂内に響いたようだ。

彼女の瞳が私に向けられた。初めて目が合う。

……うん。特に私が助ける必要もないし、手を貸す必要はなさそうね。

「なんて非情な女なのかしら」

ジェーンがあえて大きな声で罵倒《ばとう》する。

「非情？　どうして？　この問題を解決するのは私じゃないわ」

「無責任ね。あんたの存在が心底不快だわ」

あら、それは悪女として褒《ほ》め言葉だわ。……ご期待にお応えして、悪女っぽいことをしておこうかしら。

私は口角を軽く上げて、指を鳴らした。

その瞬間、ジェーンは胸を押さえながら息を荒くして辛《つら》そうに倒《たお》れた。口からヒューヒューと苦しそうな息音が聞こえ、よだれが垂れ始める。

レベル91の臓器の働きを止める闇属性特有の魔法。これは闇魔法っぽいわよね。

もう一度指を鳴らし、魔法を止める。

このぐらいにしておかないと本当に死んでしまうからね。

ジェーンは少し泡《あわ》を吹きながら私を睨んだ。相当苦しかったようだ。

「……何、した……の」

ジェーンは倒れたまま弱々しい声で言った。息をするのがまだしんどそうだ。

「少しばかり心臓を止めたのよ。苦しかったかしら？」

私は首を傾《かし》げて彼女に微笑んだ。

その瞬間、周囲の私に対する目が軽蔑から恐怖《きょうふ》へと変わった。空気が張《は》り詰める。慎《しん》重《ちょう》に息をしているのが彼らの息遣《いきづか》いで分かる。誰も私に野次を飛ばさない。

これは私が二年かけて習得した魔法レベルを見せるのにかなりいいタイミングだったわね。悪女を怒らせると怖いのよ。

「あまり動かない方がいいわよ」

私は、倒れているジェーンの横を通り過ぎて薄紫色の髪の女子生徒の所へ向かった。目の前でこんなことが起こったのに彼女の目にはまだ私に対する尊敬と憧れが見える。

「貴女、名前は？」

「ミラー・キャロルですわ、アリシア様」

少し声を震わせながらも彼女ははっきりそう言った。

やっぱり気品がある。

「貴女、私に憧れているの？」

「はい！　その強い志や現実を直視して先を見据える力。それに美しい黄金の瞳も、長くて艶のある黒髪《くろかみ》も、全て憧れていますわ」

キャロルは食いつくようにそう答えた。

まさか私をそこまで慕《した》ってくれる人がいるなんて思わなかったわ。

「だから、少しでもアリシア様に近づけるように髪を伸ばしていたのですが……」

彼女は悲愴《ひそう》な面持《おもも》ちでそう呟く。私は彼女の髪を一瞥する。

随分と短くなったわね。ジェーンもやりすぎだわ。

「……巻き込んで悪かったわ」

キャロルにそう言ってから、私はジェーンの方に向かった。

さっきまでの迫力は消え去り、ジェーンは怯《おび》える目で私を見ている。

「安心して、貴女にもう用はないわ」

彼女に軽く微笑み、手からハサミを奪《うば》った。

そのまま私はキャロルの方を振り向く。彼女はきょとんとした顔で私を見ていた。

――さぁ、歴史に残る悪女の大一番よ！　その目でしっかり見ておきなさい！

私は片手で髪を掴むと、勢いよくハサミで切った。黒く長い髪が薄紫色の髪の上に散らばる。

キャロルもジルも目を見開きながら私を見ている。今にも目が飛び出しそうな勢いだ。

「これで今の私は貴女と同じくらい短いわ。また私に近づけたわね」

そう言って私は彼女に向かって微笑んだ。食堂は音もなく静まり返っている。

その静寂を破ったのは、ジルの笑い声だった。

「アリシアはいつも僕の想像を超《こ》える行動に出るね」

「あら、それは褒め言葉よね？」

「勿論」

ジルは嬉しそうに笑う。

やっぱり昔に比べてジルはよく笑うようになった気がする。

……後で毛先は魔法で整えておきましょ。

私はキャロルに近づき手を差し伸べる。

「よろしくね、キャロル」

だけど、彼女はそのまま泣き出してしまう。え？　え？　何か悪いこと言ったかしら？

「今、私の名前を……」

彼女は私をじっと見たまま声を震わせて言った。

「名前を呼んだだけでその反応って、愛されてるね、アリシア」

ジルはニヤニヤしながら言ってくる。

確かに、彼女に随分と慕われているみたい。

「ジルも私を愛してくれてるでしょ？」

意地悪のつもりでそう言った。最近はジルにやられっぱなしだったから、彼が困るような質問を投げかけたくなったのだ。

ジルは一瞬だけ虚《きょ》を突かれたような顔をした後、ふっと微笑む。

「愚問だね」

その台詞だけでジルの答えは分かった。

反抗期《はんこうき》の少年が真面目に答えてくれるなんて嬉しいわね。

私はジルからキャロルに視線を移す。

「長居は無用。行くわよ」

「はい！」

私の言葉に彼女は覇気《はき》のある声で応える。

もう声は震えていない。嬉々《きき》とした顔で私を見ている。

食堂の外へ出ようとすると、案の定、皆、私が出ていく道を作る。

本当に私、女王様みたいだわ。……悪の女王って最高ね。

食堂を出てすぐに、メルに会った。彼女は私を見つけるなり、物凄いテンションで話しかけてくる。

「アリアリ～！　って、髪の毛切っちゃったの？」

「そうよ、色々あってね」

「可愛いっ！　可愛すぎる！　ショートヘアがこんなにも似合う子初めて見たよ！」

メルは興奮した様子で私にどんどん近づいてくる。

彼女の過剰《かじょう》反応を見ていると、褒《ほ》めてもらっているのに素直《すなお》に喜べないのよね。

「よだれ垂れてるよ」

ジルは呆れた口調でメルを見ながらそう言ったが、メルには聞こえていないようだ。

「アリアリって小顔だし、顔の作りもはっきりしているしっ！　美少女のショートヘア最高！」

メルに小顔と言われても……。私は彼女の方が小顔だと思う。

「メル、その態度はアリシア様に失礼だわ」

見かねたのか、キャロルがメルを睨みながら声を発した。

……あら、二人は知り合いなのかしら。

メルの視線がキャロルに移る。

「あれれれ？　キャロルじゃん。その酷い髪の毛は何？　それにアリアリとどういう関係？」

一気にメルの声のトーンが変わった。

「二人こそどういう関係なの？」

「遠い親戚《しんせき》なのですわ」

私の言葉にキャロルは即座に答えた。

「私より一歳年上だからって調子に乗らないでよね」

メルはキャロルを睨みながらそう言った。……一歳年上？　たしか、メルは十八歳よね。ということは、キャロルは十九歳？　私より四歳も年上だったの？

私は意外な面持ちでキャロルの方にちらりと目を向けた。二人はまだ物凄い形相で睨み合っている。滅茶苦茶仲が悪いのね。

というか、早く彼女の悲惨な髪の毛を整えてあげないとね。

彼女達が睨み合っているなか、私は指を鳴らす。私とキャロルの髪の毛が一瞬で整った。

魔法って本当に便利ね。美容院に行かなくて済むし。

「簡単に整えたわよ」

「アリシア様……、本当に有難《ありがと》うございます！　言葉に表せないぐらい幸せですわ」

「だからって調子に乗らないでよね」

感動するキャロルの言葉を切り裂《さ》くようにメルが言った。

「アリシア様に髪を整えてもらったことが羨《うらや》ましいんでしょ？」

「は？　違うし～。私の方がアリアリといる時間長いし～。ていうか、アリアリ攫ったことあるし～」

「そう言えば、そんなこともあったわね」

私達の言葉にキャロルは信じられないと言わんばかりの顔でメルを見つめる。

「そう言えば、メルはこっちに何か用だったの？」

メルはジルの言葉で急に思い出したように私の方を見た。

「そうそう、デュークが食堂が騒がしいようだけど、今手が離せない状態だから、代わりに様子を見てこいって……でもなんか、解決したみたいだね！」

メルは明るい口調でそう言った。

あの状況を解決したと言っていいのか分からないけれど、とにかくメルがあの場にいなくて良かったと心の底から思う。

「あっ！　デュークだ！」

メルは遠くを指差しながら声を上げた。

……なんてオーラなのかしら、あの生徒会集団。アイドルみたいね。

デュークが真ん中でその隣にリズさんがいて、いつものメンバー達が横に並んでいる。

女子生徒達の黄色い声も聞こえる。

……デューク様って皆の前で結構黒い部分を見せているのに、いまだにこんなに人気があるなんて、やっぱり世の中顔ね。

「デューク！　アリアリ、超《ちょう》可愛くなったよ！」

メルが大声でデューク様達に向かって叫んだ。

デューク様と目が合う。彼は私を見て、すぐさま駆け寄ってきた。

……ここは逃げるべき？　でも、悪女が逃げるなんて聞いたことないわよ。

デューク様は目の前に立ち、じっと私を見つめる。私も負けじとデューク様を見返してやった。髪を切ったくらいで何か言われる筋合いはないわよね？　大丈夫……よね？

私がちょっとだけ怯んだその瞬間、デューク様は片手で軽く自分の目を覆《おお》った。

……そんなに似合ってないの？

「可愛すぎて腹が立つ」

ぼそりと声が聞こえた。

……えっ⁉　そっち？

「俺が一番最初に見たかった」

「はい？」

私は思わず声を出してしまった。

……予想外の反応。デューク様はもっと大人だと思っていた。やっぱり思ったことを口に出せなんて言ったのが失敗だったかしら。

「え？　アリちゃん、髪の毛切ったの？　可愛いね～」

チャラいカーティス様に言われても……。

「アリシア様が可愛いのは当たり前ですわ」

「アリは美人だからなんでも似合うな」

キャロルに続いてヘンリお兄様がそう言って私の頭を撫でた。リズさんと彼女の取り巻き達は何も言わずに私を遠巻きに見ている。

「大人気だね、ショートヘア」

ジルが横でそう呟いた。確かに髪の毛を切っただけでこんなに褒めてもらえるのは悪くない。

「きっと食堂でたくさんの人間が見ているから……デュークはかなり後に見たことになるけどね！」

メルが意地悪そうに笑う。

本当、メルっていい性格しているわよね。

……こういう時って悪女はどんな対応をするのかしら。意識してしまうと男性を魅了《みりょう》する悪女の行動がいまいち分からない。

まぁ、今はまだ悪女になるための修行中《しゅぎょうちゅう》だからこれから出来るようになればいいわよね。

そんなことを呑気に考えていて、リズさんが私のことを嫉妬と羨みが混じった瞳で見ていたことに気付かなかった。


「アリシア」

家に帰ると小屋の前にお父様が立っていた。久しぶりの再会に私は思わず固まる。

あら、なんだか少し老《ふ》けた気がするわ。それでも格好良いお父様だけど……。

「ええと……お久しぶりです、お父様。どうなさったのですか？」

「レベル90を達成したそうだな。おめでとう」

「有難うございます」

懐《なつ》かしいお父様の低く優しい声が耳に響く。私は丁寧にお辞儀《じぎ》をした。

お父様は難しい表情で私を見ている。彼は私の左目にある眼帯にゆっくり慎重に触《ふ》れた。

ああ、これのことね。私が勝手にやったことだもの。そんな罪悪感のある表情をしないでほしい。物を移す魔法が使えるようになったら、絶対最初にウィルおじいさんに目をあげようと思っていたのよ。

「お父様、私は今、幸せですわ。監視役をするために籠もった二年間でしたけど……それだけではないものも得たと思っています。だから決して謝らないでください」

　私は静かにそう言って微笑む。

「そうか……。ではもう家に戻ってくるんだな？」

「家に？」

「まさかずっと小屋で過ごすつもりじゃないだろうな」

　そう……よね。今更すぎて忘れていた。

……お屋敷《やしき》に戻るべきなのかしら。

「小屋に籠もれ、家に戻れ、……大人って自分勝手だね」

　ジルが小さな声で毒を吐いた。その言葉にお父様は苦しそうな表情を浮かべる。

　確かに、ジルの言っていることはもっともだわ。でも、お父様は私を心配して提案しただけなのよね……。

「まぁでも、図書室があるのは屋敷だし、情報収集するなら屋敷の方が便利かもね。……それにアリシアみたいな女の子がいつまでも小屋にいるべきじゃないと思うよ」

　毒を吐きつつもジルがフォローする。

「そうね……。帰りましょうか」

　私の言葉にお父様の表情がパッと明るくなった。

　あら、そんなに私に戻ってきてほしかったのね……。というより、私を小屋に籠もらせたことを本当に気にしていたみたいね。

「良かったね、アーノルド」

ジルは小さな声でお父様にそう言った。


久しぶりだわっ！

私は自分の部屋を見渡す。どうやら私がいない間もちゃんとお手入れされていたみたい。

「アリシア様っ！」

興奮した口調で私の名前を呼びながら、扉《とびら》を叩く音が聞こえた。……ロゼッタ？

「入っていいわよ」

落ち着いた調子で私が言うと、勢いよく扉が開いた。

「アリシア様！　お戻りになられたのですね」

ゲームでは私のことを嫌っていたはずのロゼッタが、目に涙《なみだ》を浮かべて私の帰りを喜んでいる。

ロゼッタとはこの二年、直接顔を合わせてはいなかったけど、色々な物を小屋に運んできてもらっていた。

「アリシア様……、目が……」

ロゼッタは私の眼帯を見るなり口元に手を当て弱々しい声でそう言った。

「どうなさった……のですか？」

「あげたのよ、ある人に」

私はそう言った後にあることに気付いた。お父様は私の目を見て理由を聞かなかったわよね。

すでに事情を知っていたってことかしら……。まぁ、知られているとは思っていたけど。

ロゼッタはそれ以上追及《ついきゅう》してくることなく、綺麗に頭を下げる。

「喜びのあまり、突然《とつぜん》部屋に押しかけた無礼をお許しください」

「平気よ。心配してくれて有難う」

ロゼッタは今にも泣きそうな顔で私をじっと見た。潤《うる》んだ彼女の瞳に私が映る。

「アリシア様……、戻ってきてくださり本当に嬉しいです」

ロゼッタは震える声で言いながら私に笑みを向ける。

帰りを喜ばれるっていいわね。

「では、私はこれで。また御用《ごよう》がございましたらお申しつけください。……あ、それから
アリシア様、大変お美しくなられましたね」

ロゼッタは部屋から出る前に私の方を振り返り、嬉しそうに顔を綻ばせた。

「アリシア、いる？」

　扉の向こう側でジルの声が聞こえた。

「入っていいわよ」

「誰もいない？」

「ええ、私だけよ」

　一瞬沈黙《ちんもく》があった後、ゆっくりと扉が開いた。ジルの表情はどこか真剣だ。

「どうしたの？」

「……学園でこれを見つけたんだ」

　彼は小さな声でそう言って、私に一枚のカードを渡した。

「どこでこれを？」

　ジルからカードを受け取り、眺《なが》めながら尋ねる。

　……これは、トランプだわ。この世界ではたしか、ロイヤルカードって言ったかしら。

貴族の賭け事とかで使われるのよね。

「狼が出没した所で見つけたんだ」

「え？」

　ジルの声に思わず間抜《まぬ》けな声を出してしまった。

「つまり、これに何か意味があるってことかしら……」

「それは僕も分からない」

カードに書かれているのはスペードの四。ここから察するに……。

「このカードが犯人に繋がるとすれば」

「『貴族のケイト』」

私とジルの声が三度《みたび》重なる。

「あ、やっぱりアリシアも分かってたんだ」

トランプの世界では、マークで社会階級を表すことが出来る。クラブは農民、ダイヤは商人、ハートは聖職者、そしてスペードは貴族。

一はエース、二はデュース、三はトレイ、そして、四の読みは方はケイトだから、このトランプは「貴族のケイト」と推測出来る。これが誰かのグループ名なのか、何かの団体の名前なのかは分からないけれど。

それに、自分が犯人だなんてわざわざ分かる証拠《しょうこ》を置いていかないだろうし。

……流石に安直に結びつけすぎよね。

「罠《わな》かもしれないもの」

「そうだね、ラヴァール国の人間が魔法学園の誰かに罪を被せようとしたのかもしれないしね」

「このカードだけだと何も分からないわ。本当、謎《なぞ》が深まるばかりだわ」

……やっぱりラヴァール国に侵入した方が早い気がする。

でも、絶対にお父様は許してくれない。ただでさえリズさんの監視役をやめさせたがっているのだもの。

なら、国外追放されてしまうとか……？

そうよ、ここは悪女らしく国外追放になった方がいいかもしれない。そして、証拠を摑んでまたデュルキス国に戻ってくるのよ。うまくいくか分からないけど、もしこれが成功したら、確実に私は歴史に残る。

「アリシア？　何を考えているの？」

「……リズさんの監視役についてよ」

「僕、魔法は使えないけど、嘘は分かるよ」

ジルが私を疑い深く見つめる。

「私が悪女になるために何が一番良い選択かを考えていたのよ」

「……で、結論は出たの？」

今の私の考えをそのままジルに話せば、間違いなく反対される。けど、嘘はバレるだろうし……。迷いながらも私は彼を見据えて口を開いた。

「学園に通って、私がリズさんに難癖《なんくせ》つけるだけではだめなのよ」

ジルは眉をひそめる。どうやら私の言っていることを理解出来ていないようだ。

これまで、超善人のリズさんとは寄ると触ると騒ぎになって、結果私の悪女っぷりが引き立っていたわけだけれど。

「そろそろ自分から行動を起こさないといけないってことよ」

「アリシアはもう十分行動に移していると思うけど」

「私が目指しているのはもっと上よ」

「どこまで上を目指しているの？」

「どこまでもよ、いけるところまでいくわ」

私の言葉にジルは面食らったようだが、その後、すぐに口の端を上げてにやりと微笑んだ。

「……僕もついていくよ」

「ジルがいたら心強いけど、今回の計画は私一人でやるわ」

「え？　僕はいらないの？」

ジルは目を見開きながら私をじっと見ている。

私に必要とされたいジルにとっては、さっきの私の言葉は最悪だったわね。

「ジルはここで、私の代わりにリズさんの監視役をしてほしいの」

「……嫌だ」

初めてジルが私に嫌って言ったかもしれない。

それでも、ラヴァール国には私一人で行った方がいい。そこまでジルを巻き込むわけにはいかない。

「一体何をしようとしているの？」

ジルが真剣な眼差《まなざ》しを私に向けながらそう言った。

……国外追放されようと思っているの、とは言えない。ジルは勘のいい子だから、そのうち私の考えを見抜きそうだけど。そうなる前に手を打たなきゃ……。

「僕はどうすればいい？」

彼は私に助けを求めるような目を向ける。ジルが何をするかは私が決めることではない。

「ジル、貴方の目的は私と共にいることじゃなくて、上に立つ人間になることでしょ？」

「僕はアリシアと一緒に立ちたいんだ」

なんだか、久々に幼いジルに会えた気がする。最近、生意気になって可愛げがなくなってたからね。今のジルは年相応の少年って感じがする。

「私は貴方にチャンスを与えることは出来るわ。でも、そのチャンスを活《い》かすのは私じゃなくて、貴方だけよ、ジル。心配しないで、目指している場所は私達二人とも一緒よ」

「それってどこ？」

「上」

人差し指を天井《てんじょう》に向けながら私はそう言った。

私達はいつも上を目指して進んでいるんだもの、離れていても必ず会えるわ。それに、死別するわけじゃない。ただ、ちょっと旅に出るだけ。

まぁ、国外追放になって無事に帰って来られる保証はないのだけれど……。

「安心して、私の進む道には必ずジルがいるわ」

私はそう言ってジルの頭を優しく撫でた。

「……そう言われたらもう何も言えないじゃん。やっぱりアリシアには勝てないよ」

そう言ってジルは軽くため息をついて、また少し大人びた笑みを浮かべたのだった。


馬車の小さな窓から朝日が差し込んでくる。ジルが私の前で髪の毛を微《かす》かに揺らしながら寝ている。

今日から国外追放作戦を考えないと。なんだか物凄く悪いことをするみたいで心が躍《おど》るわ。

……国外追放になるには陛下に失礼なことをすればいいのかしら。でも、その前にウィルおじいさんのことも聞きたい。

「アリシア」

……びっくりしたわ。

さっきまで寝ていたジルが私を真剣な瞳で見つめている。

「どうしたの？」

「昨日の夜、ずっと考えていたんだけど、僕、……アリシアが一人で何かをするって決めているのなら口を出さないよ。アリシアの考えに僕は反対しない」

ジルは決して私から目を逸らさない。

「……だけど、一つだけ僕と約束してほしい」

「何を？」

「死なないで」

そう言ったジルがあまりにも綺麗で一瞬見惚《みほ》れてしまった。なんて大人びた表情なの。

「そう思っているのは僕だけじゃない。デュークもヘンリもメルもキャロルも、皆アリシアが大好きなんだよ。アリシアがいない未来はあまりにも寂《さび》しすぎる、ってデュークが前に言ってたよ」

彼があまりに真剣に言ってくれるから、むしろ悪女は人に好かれていいのだろうか、とか最低なことを考えてしまった。嬉しいのと同時に不安も生まれてくる。

……私の目指している悪女って正しい悪女なのかしら。

「僕はいつでも君の盾《たて》になる」

「じゃあ、私はいつでも貴方の剣になるわ」

「……僕達、最強だね」

ジルはそう言って嬉しそうに口角を上げた。朝日に照らされた灰色の瞳が輝いていて、少し眩しかった。


「アリシア様」

「アリアリッ！」

キャロルとメルが勢いよく私の方へ向かってくる。二人とも顔が必死だ。

「おはようございます」

「おはよう～～！」

「お、おはよう」

「やったっ！　今のはきっと私に言ってくれたんだっ！」

メルは勝ち誇った表情を浮かべながら嬉々とした声で言った。

「違うわ。今のは私に言ってくださったんだわ」

「は～？　どう考えても私、メル、に言ったんだよ」

二人ともやたら朝から元気ね。

「アリシアをこんな風に慕う子達がこの学園に百人ぐらいいるって考えておいた方がいいよ」

「百人⁉　それはちょっと盛りすぎじゃない？」

ジルの言葉に思わず頓狂な声を上げてしまう。悪女に対して流石に多すぎないかしら。

「……少なめに見積もって、百人だよ。本当はもっといると思うよ」

どうしてそんなことが分かるのかしら。一体ジルはどれだけの情報を持っているのよ。

「私の方がアリアリを好きだもん」

「私の方がアリシア様をお慕いしているわ」

メルとキャロルの甲高《かんだか》い声が耳に響く。その様子を見てジルは呆れ顔だ。

「まだやっているよ」

……この中で一番精神年齢《ねんれい》が高いのは、最年少のジルかしら。

「おはよう、アリシア」

後ろから大きな腕で抱き締《だし》められた。甘くいい匂《にお》いがふわりと漂う。

普通に挨拶《あいさつ》出来ないのかしら。少し前まではそうだったのに……。

「甘っ」

「朝から勘弁してよね」

ヘンリお兄様とジルが呆れた様子で私を見てくる。……私というより、デューク様を。

「おはようございます、デューク様。それから離れてください」

デューク様の体を片手で軽く押し返す。王子をあしらうなんて私も立派な悪女よね。

それにしても逞《たくま》しい体。細身なのにしっかりしていて、まさに理想の体型。

「少し前まではこれで赤くなっていたのに、もう慣れたのか？」

デューク様は口の端を軽く上げながら、意地悪く言った。

……もしかして、あのバックハグは私の反応を見て楽しむためなの？

ならば――。

「ええ、慣れましたわ。これから先も少しも感情が乱れることはないですわ。……デューク様以外の方にはあるかもしれませんが」

最後の一言で私の悪女ポイントはぐっと上がったはずよ。

「へぇ。言うようになったね」

デューク様は全てを見抜くようにじっと私を見ている。

……うっ、怒ってるわね。

でも、悪女なんだもの。これくらいのことを堂々と言えないと。

「俺は今までのデュークの自制心を尊敬しているよ」

ヘンリお兄様がデューク様を援護《えんご》するように言うけれど、デューク様はヘンリお兄様の言葉に耳を貸さず、私から目を離さないままだ。

ああ、彼の視線が痛いわ。デューク様に返事が欲しいと言われてたけど、いまだに自分でそれが分からないのよ！　どうしたらいいのよ！

「おい～、そろそろ授業始まるぞ～、……ってどうしたんだ？」

カーティス様が私達の方に近づいてきて、デューク様を見た後、驚いた表情を浮かべた。

デューク様がこんな表情で私を見ている姿なんて珍しいものね……。

「なんでもない。行くぞ」

デューク様は少しきつい口調でそれだけ言って、私に背を向け早足で歩いて行った。

「私って素晴らしく嫌な悪女ね……」

私の言葉にジルが苦笑した。

「というよりも、下手くそな女って感じかな」

「……下手くそ女って最悪ね。悪女にもなれてないじゃない」

「逆の立場だったらさっきの言葉は嫌じゃない？」

私がもしデューク様に惚れていて、数年間一途《いちず》に彼のことが好きで、愛情表現を伝えているにもかかわらず、他の女の人だったら心が乱れると言われる……。

「かなり嫌ね」

私は正直に認めた。

「デューク様にそんなことを言われたら傷つくわ」

「え？　デュークに？　やっぱりアリシアって、デュー」

「私、もうデューク様に捨てられるのかしら」

「は？　なんでいきなりそうなるの？　というか、アリシアってデュークのこと」

「さっきの最低な言動できっと失望させてしまったわ」

「僕の話を聞いて！」

ジルが急に声を上げた。私はびくりとしてジルを見る。ジルは軽くため息をついた後、真剣な瞳で私を見た。

「アリシアって、デュークのこと、もう好きでしょ？」

「……」

ジルの言葉を理解するまでに少し時間がかかった。

「まぁ、僕がこう言っても、どうせアリシアは否定するんだろうけど」

「そうね……多分好きなんだと思うわ」

「え？」

ジルが目を見開く。

「アリシア、好きって恋愛的な意味でだよ？」

と思う。

デューク様にドキドキさせられるのは、嫌じゃなかった。多分これが特別な感情なのだと、さっさとヒロインとくっつけばいいのにって考えていたんだけど、今は少し違う。

さっき、デューク様の立場になって考えた時、なんだか凄くモヤモヤした。私以外の女の子を好きになっているデューク様を見たくないって思ってしまったのよ。これまでずっ

どうしてわざわざ私が嘘を言わないといけないのよ。

「本当に？」

「分かっているわ」

……けど、自分の夢のためにはこの感情は邪魔《じゃま》なだけ。

悪女が王子とくっつくなんて聞いたことがないわ。結局はヒロインとくっつくのよ。

『聖女は国王と結ばれ、国に平和をもたらすための象徴となる』

それが通説だわ。でも何かそれって、常識を当てはめてるだけで自分で選んだ道とは言えないのよね……。デューク様は自由になりたいと言ってたわけだし。

「……これでいいのか分からないわ」

「どういうこと？　アリシアさっき分かっているって」

「言ったけど、……分からなくなってきたわ。複雑な迷路《めいろ》に入ってしまった気分」

「うん、でも、アリシアはかなり成長したみたいだね」

ジルは頷きながらそう言った。……どうしてそんなに上から目線なのかしら。

「とりあえず、デューク様に会って、謝らないと」

「謝るの？」

「ええ、今回はね。とはいえ、勿論悪女らしく謝るわよ」

「もう少しぐらい時間空けても」

「今、突然世界が滅《ほろ》びたら私は謝れなかったことに対して悔《く》やんでも悔やみきれなくなるわ」

「そっか、じゃあ、今すぐ会いに行こう」

ジルは少し目元を緩めながらそう言った。

「デューク様はもう授業に入っているわよね？」

廊下《ろうか》に声を響かせないように私は出来るだけ声を抑《おさ》える。

「デュークに限らず、皆授業中だよ。僕達がさぼっているだけで」

「授業中にデューク様の教室に入る？」

「それは悪女っぽいね、迷惑《めいわく》だけど」

「どうせ皆、寝ているわ。目覚まし時計代わりに入ってあげましょ」

「良いように言っているけど、悪いことだからね」

「悪女は悪いことをしてこそよ」

「はいはい」

なんだか最近、本当にジルの方が大人みたいだわ。

でも、私も十五歳にしては大人っぽいはずよ。ジルが特殊《とくしゅ》なのよ。

私達は黙ったまま廊下を真っすぐ進み、デューク様の教室に向かう。

本当に広くて綺麗な廊下だ。床は大理石で、いつも綺麗に磨かれている。

ただ、廊下にシャンデリアはちょっとおかしいわ。なんだか、学校というよりも宮殿《きゅうでん》よ。

「リズさんは王妃《おうひ》になったら、ここから改善するべきよね」

「は？　なんでキャザー・リズが王妃になる予定？」

ジルは顔をしかめながら私の方をじっと見た。

「彼女は聖女よ？　次期国王と婚約《こんやく》するわ」

「デュークは絶対にしないと思うよ」

「それが国のルールでしょ？」

ジルは目を丸くする。どうやら私が国のルールを持ち出したのが意外だったみたい。

あと、ゲームの強制力も絶対にあると思うのよね。デューク様には申し訳ないことだけど。

「そんなの破ればいいじゃん、アリシアは悪女なんでしょ？」

「いくら悪女でも、規律を乱すのとはわけが違うわ。私達貴族がルールを守らなかったら、平民は一体何を守ればいいの？」

「……理屈《りくつ》は分かるけど。でも、デュークはアリシアと婚約したいと思ってるよ」

「もし私がデューク様のことを本気で好きになったら、なおさらその感情を捨てるわ」

ジルは少し黙り込んで何か考え始めた。私の答えが気に入らなかったのかしら？

私の感情はともかく、貴族は私情で動くものではないわ。

「聖書に書いてあったんだけど、悪魔は人間を十人殺したんだ」

ジルの声はとても低く、いつにも増して真剣だ。

「神様はね、二百三万八千三百四十四人、殺したんだよ」

ジルは遠くを見つめながら静かにそう言った。彼と私の間に小さな沈黙が生まれる。

神と呼ばれている方が多くの人を殺した。おそらくジルはそう言いたいのよね。だけど私の頭の中ではうまく処理出来ていない。

「だからね、アリシア、キャザー・リズが聖女だと言われていても、僕にとっての聖女はウィリアムズ・アリシアだよ」

彼があまりにも真剣な眼差しでそう言ったので、思わず言葉を失った。

なんて聡明《そうめい》な瞳。デューク様が国王でジルが宰相《さいしょう》になれば、きっとこの国は今よりもっと良い国になるんじゃないかしら。

ジルの言葉にどう答えるべきか考えているうちに、デューク様のいる教室に着いた。

「誰もいないわ」

空っぽの教室を見渡す。

「本当だ、道理で教室から全く声がしないと思ったよ」

もしかして課外授業？　無駄足《むだあし》だったわね。

「ねぇ、誰かの泣き声が聞こえない？」

ジルが眉間に皺を寄せながら私の方を見る。

……幽霊《ゆうれい》は信じていないけど、確かに微かに誰かがすすり泣く声が聞こえる。

「いた」

「え？」

ジルは真っすぐ教室の奥を指差した。

栗色《くりいろ》の髪。どこかで見たことある気が……。誰だったかしら。俯《うつむ》いているから顔が分からない。

「誰？」

私達に気付いて、彼女はそっと顔を上げた。

ようやく誰か分かったわ。たしか、リズさん信者のエマだったわよね？　私をはめようとした子だわ。この教室にいるってことは私より年上だったのね。

それにしてもどうしてこんな所で泣いているのかしら。

「なんで、ここに、あんたが」

彼女は戸惑いながら私を見る。今日はそばかすを隠していない。

エマは焦った表情を浮かべながら、乱暴に涙を袖《そで》で拭《ふ》き、急いで教室を出ようとした。

「待って、貴女が先にいたのよね、私達が出ていくわ」

私の言葉にエマは立ち止まり、怪訝な表情を浮かべた。

「全部あんたのせいだ……。どうせ皆に私が、教室で泣いていたって言いふらすんでしょ？」

エマの口調がだんだん荒くなっていく。八つ当たりなのか、それとも本当に私に対して怒っているのか。

「あんたがあの時、私の外見を散々馬鹿にして、だから、私はリズ様の前で恥《はじ》をかいたのよ！」

私に怒っているようだけど、リズさんはそんなことでエマを見捨てたりはしないはずよ。彼女の心はまさに聖女なのだから。

……誰かに何かされたとか？　まぁ、私には関係ないけど。

「お邪魔したわね。もう行くわ」

「何？　同情？　私が泣いていて可哀想《かわいそう》だから、一人で泣かせてあげるって？　あんたなんかにそんな優しさもらっても嬉しくないわよ」

相当私のことが嫌いなのね。今に分かったことじゃないけど、いまだに恨まれているなんて、私って本物の悪女ね。

私は彼女の元へゆっくり近づいた。エマは少し怯えた表情を浮かべながらもその場から退くことはない。少しも動かずに私の方をじっと睨んでいる。

「な、何よ」

目の周りが真っ赤になって腫《は》れている。かなり泣いていたのね……。

「私は何も見てないし、聞いていないわ」

「え？」

「泣きたい時ぐらい我慢《がまん》しなくていいと思うわよ」

エマは目を丸くしながら私を見ている。

「私がこの教室に壁《かべ》を張ってあげるわ。外には何も聞こえないし、誰もこの教室に入って来られない。貴女がこの教室を出た時に壁は自然と消えるから安心して」

それだけ言って、教室を出ようとした。

「どうせ嘘でしょ、私があんたをはめたように私のことをはめようとしているんでしょ！」

エマは目を真っ赤にして、涙を数滴《てき》流しながら私に怒鳴った。

「貴女に仕返ししても私にはなんの利益にもならないわ」

「ふざけないで！　私を恨んでいるくせに！」

「誰かに何か言われたの？」

「……あんたに関係ないでしょ！」

エマは明らかに動揺《どうよう》した。

図星だったようだ。

「そうね、私には関係ないわ。……けど、泣いたら負け、そう思って貴女みたいな気の強い人は基本的に泣くことを我慢するのよ。だから、たまには我慢せずに声を出して泣いてもいいと思うわよ。気が済むまでここにいたら？」

彼女が何か言う前に私は教室を出た。エマが私をどんな表情で見てたかは分からない。

指を軽く鳴らし、教室全体に壁を張った。壁を張る前に教室から嗚咽《おえつ》を上げながら泣き叫ぶ声が聞こえた。

……エマには特に興味もないけど、よっぽどのことがあったようね。

「僕、思うんだけど……」

「何？」

「アリシアって、結構お人好《ひとよ》しだよね」

「何言ってるのよ、お人好しっていうのはリズさんみたいな人のことを言うのよ」

私はジルの言葉に笑いながら答えた。ジルは少し呆れた表情で私を見ている。

「何よ、その顔は」

「別に。ただこの調子で行くと、聖女の立ち位置が……」

ジルがだんだんと声の調子を弱めていった。なんて言ったのか聞き取れない。

気になるけど、どうせ聞いても教えてくれないだろう。

「デューク様を探すわよ」

私達は廊下を早足で歩き始めた。

校舎内をあちこち回ったが、どこを探してもいない。

「課外授業ってこんなに見つからないもの？　はぁ……魔法を使ったからか、なんだかお腹が減ったわね」

「食堂に行く？　今なら誰もいないだろうし」

「行きましょ」

ジルの提案に即答した。

誰もいない廊下に私とジルの足音だけが響く。おかげで食堂前まで来ると、中の声が一段と大きく聞こえた。

「エマ、いい気味だよね」

「リズ様に好かれたいからって、調子に乗りすぎだわ」

「うざかったし、これぐらいしとかないとね」

ああ。いつになったら静かに食堂でご飯を食べられるのかしら。

私は悪口を言っている子達にバレないようにそっと食堂を覗き込む。

あら、どこかで見たことある顔ね……。たしか、エマに利用されてた子？

私の声を録音していた土魔法の、……マリカだったかしら。残り二人は、初めて見るわ。

マリカってザ・モブキャラって感じで、大人しそうな子に見えたけど……今の彼女はかなり悪役って顔だわ。いい表情をするじゃない。

「なんでも上から指図してくるし、あの自分勝手な態度にはうんざりだわ」

「私達にやらせといて、自分がしたことにしたり、本当に最低」

「人としてありえない。私なんか、叩かれたこともあるのよ」

「エマみたいな人がリズ様を支えるなんて無理よ」

「そうね、エマはウィリアムズ家のあの女を支える方が向いてるんじゃない？」

「一応五大貴族なんだからアリシア様って言わないと～」

「名前を呼びたくないもの」

エマの場合は完全に自業自得《じごうじとく》ね。

……それにしても、私が性格悪いって結構浸透《しんとう》してきているのね。最高だわ！

悪い噂を彼女達にもっと広めてもらうためにも、私も努力しないとね。

彼女達の悪口は止まらないようで、だんだんヒートアップしてくる。

「私達三人でナイフをエマに向けた時の怯えた顔！　最高だったわよね」

「本当！　あの顔は傑作《けっさく》だった！」

「いつも自信たっぷりなエマがまさかあんな顔するなんてね」

「エマの鞄《かばん》にネズミの死骸を入れた時も、震えてたよね～」

「あとさ、エマに当たらないように一斉《いっせい》に壁にナイフ投げつけた時も！」

「その場で腰抜《こしぬ》かしてさ、目に涙浮《なみだう》かべてたよね！」

甲高い笑い声。

なんて耳障《みみざわ》りなのかしら。やっていることがあまりにも卑劣《ひれつ》で、最低なのは彼女達だわ。

「ジル、ナイフ貸して」

静かに小さな声でそう呟いた。ジルはすんなりと、私にナイフを渡す。

「どうぞ。……はぁ、食堂に来ると、いつも何かに巻き込まれるね」

ジルはがっくりと肩を落とし、ため息をつきながらそう言った。

現在二十歳　ケンウッド家長男　カーティス

「疲《つか》れた～」

フィンが手を上に伸《の》ばしながら言う。

彼とは学年が違《ちが》うが、優秀《ゆうしゅう》だから俺達と一緒《いっしょ》に課外授業を受けることが出来る。フィンだけでなく、ヘンリもそうだ。ヘンリとアランは双子《ふたご》だが、ヘンリの方が、頭が良《い》い。エリックも頭は良いが、フィンやヘンリほどではない。

フィンは俺の方をじっと見つめて、満面の笑《え》みを浮《う》かべた。彼の金髪《きんぱつ》が太陽に反射していつにも増して眩《まぶ》しい。

こいつのこの表情は何か俺に強要してくる時のものだ。俺達の中で一番純粋《じゅんすい》そうに見えるフィンだが、一番裏があるようにも思える。俺の考えすぎかもしれないが、フィンは可愛《かわい》いを武器に何もかも手に入れようとしている気がする。

「なんか食べようよ」

「男二人で？」

「……女の子と遊ぶのもほどほどにしておかないと、いつか刺《さ》されるよ」

フィンは呆《あき》れた調子で軽く俺を睨《にら》む。

確かに一理あるな。女は好きだが、いつも一緒にいるのは疲れる。それに俺は、ずっと特定の一人を愛せるような性格じゃない。

「とりあえず食堂に行くか」

俺達は食堂の方へと足を進めた。

そこにはなぜか、アリシアとジルが立っていた。

彼女達は食堂を覗《のぞ》いているようだ。

「あれ、一瞬《いっしゅん》何か光ったね。もしかして、ナイフ？」

どうやらジルがアリシアに手渡《てわた》したようだ。

「てか、何やってるんだあいつら」

俺達はアリシア達の様子を見るために食堂へと近づいていく。

そういえば、フィンはアリシアのことをどう思っているのだろう。リズを好きって感じはなさそうだし……。けど、アリシアの味方ってわけでもなさそうなんだよな。

「何？　僕の顔に何かついてる？」

「いや、何も」

ついフィンをじろじろと見てしまっていた。

「見て、あれ」

彼は俺のことなど気にせずに、アリシア達の方を指差した。

アリシアは食堂へ入ると女子生徒三人組の前に立って、じっと彼女達を睨んでいる。

……凄《すご》い殺気だ。まさかあのナイフで何かしようとしているのか？

「どうして貴女《あなた》がこんなところにいるのよっ！」

「突然《とつぜん》現れて気持ち悪いわ……」

「もしかして今までの話を全部聞いていたとか？」

アリシアは黙《だま》って彼女達の言葉を聞いている。

「もしかして、エマが何か言ったんじゃない⁉」

「リズ様を裏切ったわけ？　やっぱり最低だわ」

「あんな奴《やつ》、早くこの学園から消えればいいのよ」

エマってたしか、リズを慕《した》っていた子だよな……。

女子生徒三人組の罵詈雑言《ばりぞうごん》はどんどん酷《ひど》くなっていく。エマを罵倒《ばとう》する言葉はとても貴族が使うものとは思えない。それでもアリシアはずっと黙って話を聞いている。

「突っ立ってないで、言いたいことがあるなら言ったらどう？」

「もしかして、私達に怯《おび》えて声が出ないとか～？」

彼女達はアリシアを馬鹿にするように笑う。アリシアは微動《びどう》だにしないままだ。

俺はフィンの方をちらりと見た。フィンは首を少し傾《かし》げて肩《かた》を竦める。

どうやらフィンもアリシアの行動を理解出来ていないらしい。

「なんだか気味悪いわ」

「ウィリアムズ家のアリシア様も大したことないのね」

「いつもあんなに威張《いば》っているくせに、私達を前に怖気《おじけ》づいたんじゃないかしら」

こんな状況《じょうきょう》になってもアリシアが何も言わないなんて、おかしい。

俺はいい加減止めようと一歩踏み出した。

「放っておいて、もう行きましょ」

その瞬間《しゅんかん》、彼女達は食堂から出ようとする。

咄嗟に俺は足を引っ込めてしまった。下手に姿を見られたら面倒《めんどう》に巻き込まれる気がする。

「カーティス？　止めなくていいの？」

「しょうがないだろ、彼女達がこっちに向かって来てるんだから」

俺の言い訳にフィンは軽くため息をついた。

年下なのに俺を馬鹿にするような態度は腹が立つが、今の俺の行動にため息をつく気持ちは分かる。

その瞬間だった。キラリと眩しく輝《かがや》いたものが俺達の方に向かって来た。

「「え」」

俺とフィンの声が綺麗《きれい》に重なった。

アリシアがナイフを投げたのだ。ナイフは女子生徒達の横をすれすれに通り過ぎ、壁《かべ》に刺さった。

女子生徒達は何が起こったかまだ理解出来ていないようだ。ただ固まって突っ立っている。ナイフが自分の真横を通り過ぎたのだ。すぐに状況を理解出来なくて当たり前か。

……それにしてもなんてコントロールだ。あんなすれすれを狙《ねら》って出来るものなのか？

彼女達の瞳《ひとみ》にもう驚《おどろ》きはなく、恐怖《きょうふ》が見えた。怯えた目でじっとナイフを見つめている。

「いきなりナイフが飛んできた感想は？」

アリシアは表情を変えず、それだけ呟《つぶや》いた。そして、恐怖で動けなくなった女子生徒達の存在を無視してその場を後にしようとした。

「待ちなさいよ」

一人の気の強そうな女の子が声を必死に絞《しぼ》り出《だ》しながらそう言った。

「エマに何か言われたの？　私達がエマにしたことを仕返しするつもりなんでしょ！」

アリシアは面倒くさそうな表情をして、彼女の方を振《ふ》り向《む》いた。威勢《いせい》よく叫《さけ》んでいた彼女は急に口を閉ざし、怯えた表情を浮かべる。

この位置からはアリシアがどんな表情をしているのか分からなかったが、引き締まった声が聞こえた。

「次は当てるわよ」

彼女のその一言は物凄《ものすご》い圧力があった。今の言葉は脅《おど》しとしては効果抜群《ばつぐん》だ。仕返しって言っていたぐらいだから、彼女達はエマに相当なことをしていたのだろう。

彼女達は捨て台詞を吐きながらその場から逃げるようにいなくなった。

「僕達も逃げなくていいの？」

フィンが俺に向かって小さな声でそう言った。

そうだ、アリシアに見つからないようにここは立ち去った方がいい。

「カーティス様、フィン様、少しお時間よろしいですか？」

気付けば、俺はアリシアと目が合っていた。逃げる間もなかった……。

アリシアは何も言わず中庭の方に歩いていく。俺達は結局見つかった気まずさから黙って彼女の後についていった。

「アリちゃん、一つ聞いていいかな？」

俺の言葉にアリシアは中庭の少し入った所で足を止めた。そしてゆっくり俺の方を振り向く。

その時の彼女の眼光が鋭《するど》く、思わず見惚《みほ》れた。普通《ふつう》なら怖《こわ》いと思うのだろうが、彼女のあまりにも大人びた表情に俺は釘付《くぎづ》けになった。

「……何を考えているんだ」

「え？」

心で思ったことがそのまま漏《も》れてしまった。

アリシアは少し眉間《みけん》に皺《しわ》を寄せて不思議そうに俺を見つめている。

「いや、なんていうか、その、さっきエマのために彼女達を脅した理由はなんだったんだろうって思って」

「……エマのためなんかじゃないわ。聞くに堪えなかっただけ」

彼女は少しだけ間を置いてからそう言った。

「エマはアリシアにつくだろうね」

フィンが俺の隣《となり》で何を考えているのか分からない表情を浮かべた。

エマがアリシアにつくことを喜んでいるのか、怒《おこ》っているのか、どっちか分からない。

「エマは熱狂的なリズさんの信者ですよ？」

「僕は自分の目で見たものしか信じないんだ」

「フィン様、何が言いたいのですか？」

「アリシアが悪魔《あくま》って言われているのを僕は一度も信じたことはないし、僕が今まで見てきたアリシアはむしろ天使だと思うよ」

「私にとってそれは最悪の褒《ほ》め言葉ですわ。天使だなんて……、本当に最悪だわ」

どうしてそこまで天使と言われることを嫌《いや》がるんだ。普通は喜ぶはずなのに……。

俺はそんなことを思いながらアリシアを眺《なが》めた。

「ちなみに、エマは女の子が好きなんだよ」

「はい？」

フィンの言葉にこれまで冷静だったアリシアが驚いていた。

どうやらジルは知っていたようだ。フィンが言ったことに全く表情を変えない。

「だから、女の子が好きなんだよ」

「えっと、つまり、……恋愛《れんあい》対象が」

「「女の子」」

俺達の言葉が見事に重なった。

アリシアはまだフィンの言葉を理解出来ていないようだ。まぁ、確かに、かなり衝撃《しょうげき》的《てき》な事実だろう。知っている人もそんなにいないはずだ。

「もうエマはアリちゃんに惚《ほ》れちゃったかもな～」

「私は何もしてないですわ」

そう言ったアリシアの声に少し動揺《どうよう》が見える。

「エマはアリシアに落ちたと思うよ」

ジルがアリシアの不安を煽《あお》るようにわざと真剣《しんけん》な表情で言った。

「アリシアの近くにいると、どんなに嫌でもアリシアの魅力《みりょく》を感じることになるからね」

ジルは少し皮肉めいた笑顔《えがお》を浮かべながらそう言った。

確かに、それはそうだ。彼女に魅力を感じない方が難しい。嫌な女だと思い込んでも、惹《ひ》かれていく。

リズとは正反対で、アリシアの方が魅力的だと俺は思う。

「もしリズなら、エマがいるところで彼女達を呼び出して無理に仲直りさせていたか、エマを庇《かば》っていたかのどっちかだろうね。まぁ、これは僕の憶測《おくそく》にすぎないけど」

「キャザー・リズは皆《みな》の英雄《えいゆう》だからそれぐらいはしないと」

「本当の英雄はエマの知らないところで、犯人に制裁を加えている人だと思うけど」

「キャザー・リズはきっと自分の綺麗な心を皆に見てほしいと思って、観衆を集めてから、良い言葉をたくさん言うんだろうね」

……リズに対する扱《あつか》いが酷い。別に俺はリズの肩を持つわけではないが、フィンもジルも可愛い顔してかなり辛辣《しんらつ》なことをすらすらと言っている。

というか、初めてフィンが何を思っているのか分かった。薄々《うすうす》感じていたが、まさかフィンもアリシア側だったとは。秀才《しゅうさい》ばかりがアリシアの味方になっている気がする。

能ある者に能ある者が集まるのは当たり前のことか。

リズ勢が一体どれだけアリシアの方に流れるだろう。かなり面白《おもしろ》くなってきたな。部外者の俺はこれからどうなるのか見物させてもらおう。

現在十五歳　ウィリアムズ家長女　アリシア

「デューク様、申し訳ございませんでした」

私は深く頭を下げた後、真《ま》っすぐ彼の深く青い瞳《ひとみ》を見つめたまま話を続ける。

たまたま彼が私の屋敷《やしき》に来ていたのだ。なかなか学園でちゃんと話す機会がなかったから好都合だった。自分の家なら時間をかけて、ありのままで話すことが出来る。

「あの発言はあまりに浅はかでした。正直、こんなにも誰《だれ》かに好かれるなんて経験をしたことがないので……」

私が少したどたどしく話すと、デューク様は何も言わずフッと口角を上げる。

もう全てお見通しかのような表情だ。彼のこの余裕《よゆう》のある顔に弱い。

「あの……、もう怒《おこ》っていないのですか？」

「最初からアリシアには苛立《いらだ》っていない」

「へ？」

私の間抜《まぬ》けな返答に、彼は少しばつが悪そうな表情を浮《う》かべた。

私に苛立っていないって、どういうことかしら？

「えっと、誰に苛立っていたんですか？」

「いや、もうこの話はよそう」

「答えてくれるまで追及《ついきゅう》します」

私は満面の笑《え》みを彼に向けた。さっきと形勢逆転だ。困っているデューク様を見ることが出来るなんて珍《めずら》しい。

窓から心地《ここち》いい風が入ってきて、カーテンがひらひらと柔《やわ》らかく揺《ゆ》れる。それと共にデューク様は私の方をじっと見つめた。

「アリシアの心を動かすのが俺じゃなくて他の男だったらって考えたら、羨《うらや》ましく思ったんだ」

……なんて殺し文句なのかしら。

こんな台詞《せりふ》を恥《は》ずかしがらずに真剣《しんけん》に伝えるなんて、流石《さすが》王子ね。

未来のことはまだ分からないけれど、これから先、デューク様以上の男が現れるとは思わない。もともとデューク様は前世での私の推《お》しだったんだもの。

それに、デューク様の前だと私は自然体でいられる。一緒《いっしょ》にいるのが苦ではなく、むしろ楽なのよね。勿論《もちろん》、緊張《きんちょう》はするけど。

彼は私の心の中にすんなりと入ってくる。これが一国の王子の魅力《みりょく》の一つなのかしら。

「アリシア？」

固まっている私を彼は容赦《ようしゃ》なく覗《のぞ》き込んでくる。国宝級の美しい顔が私の目の前にある。

「えっと、有難《ありがと》うございます？」

疑問形でお礼を言いながらデューク様から一歩離《はな》れる。

そういえば、デューク様はこの家に何をしにいらっしゃったのかしら。私にもお兄様達にも用事はなさそうだけど……お父様？

二人が会話をしているところを見たことがない。自惚《うぬぼ》れじゃないけれど、この二人が話す内容なんて私のことぐらいしかないいんじゃないかしら。

「殿下《でんか》、お待たせいたしました」

お父様のことを考えていると、タイミング良くお父様が部屋に入ってきた。お父様につられて、デューク様も軽く頭を下げる。

「そんなに畏《かしこ》まらなくて大丈夫《だいじょうぶ》です」

「有難うございます」

お父様が頭を上げると、私と視線が合った。お父様的には私にここにいてほしくないのだろう。

「二人で一体なんのお話をなさるのですか？」

ごめんなさい、お父様。それでも、この状況《じょうきょう》でこの場から去ることは出来ないもの。気になることはとことん知りたいのよね。男同士の話に女が割り込むものじゃないって言われたとしても、私は絶対に負けない。

私は背筋をスッと伸《の》ばし、決して目を逸《そ》らすことなくお父様を見る。私の様子にお父様は諦《あきら》めた表情を浮かべた。

「……早めに折れた方が良さそうだな」

「そのようですね」

「いくら私が説得しても彼女はここで我々の話を聞きたがるだろう。……それにアリシアはもう十五歳だ」

十五歳ってそんなに大人として扱《あつか》われる歳《とし》なのかしら。

「アリシア、お前は十歳で魔法が使えるようになったある意味……異端児《いたんじ》だ。そのせいで余計な苦労を背負わせてしまったと思う」

私が異端児？　リズさんの間違いではなくて？

「いいえお父様。私は自分の努力でこの力を手に入れただけにすぎません。特別なのは聖女であるリズさんだけ」

「そうじゃない。お前の力は本来隠すべきだった。だから陛下にも目を付けられ……いや、それはもういい」

「どうして隠さないといけないのですか？」

「もっと自分の能力を自覚しなさい。十歳で魔法を使えるようになり、いまやレベル90超《ご》えだ。それに、魔力《まりょく》だけでない。その聡明《そうめい》さ。何もかもが並外れている」

「剣術《けんじゅつ》や身体能力も卓越《たくえつ》しているしな」

お父様の言葉にデューク様が付け足す。

それは、褒《ほ》められているのかしら？

「つまり、私はもっと身を潜《ひそ》めて生活した方がいいってことですか？」

「いや、そういうわけではない。というか、お前はもう目立ちすぎている」

お父様はそう言いながら、小さくため息をつく。

確かにそれはそうね。あの学園での私の知名度はなかなかのものだもの。嬉《うれ》しいことに、悪目立ちしている。

「それで、一度会議が開かれて決まったことなんだが……」

言いづらそうな父親を見て、察した。

きっと、レベル90になったけど、キャザー・リズの監視役《かんしやく》を辞《や》めてほしいってことね。

この言いにくそうな表情は絶対にそうだわ。せっかくレベルを上げたけれど、今の私の力じゃレベル100の彼女に及《およ》ばないものね。

……五大貴族で開かれた会議で決まったことなら口は出せないわ。

「聖女、キャザー・リズの監視役を続行してくれ」

……ん？　聞き間違《まちが》いかしら。

「あの、今、なんておっしゃいました？」

「レベル90を獲得《かくとく》して、キャザー・リズの監視役としてやはり適役だと見なされたんだ」

どうしてこんなにも幸せな情報を、そんな悲しそうな顔で言うのよ！

てっきり私はもうリズさんの監視役から外されるんだと思ってしまったじゃない。

「もっと喜んでください」

「アリシアは嬉しいかもしれないが、私は心配でしょうがない。もっと悠々自適《ゆうゆうじてき》に暮らしてほしいのに……」

これが娘《むすめ》を持つ父親の悩《なや》みってやつかしら。

私がいくら彼を説得しても、この悩みは消えないでしょうね。父と娘の願望が一致《いっち》するってなかなか難しいわよね。

……私が少し変わっているのかしら？

その心を読み取ったのか、デューク様が私の方を見ながら頷《うなず》いている。

「もし何か危険なことに巻き込まれそうになったらすぐに言うんだ」

お父様の口調が強くなる。私のことをいかに愛してくれているのかがよく分かる。

「けど、危険に陥《おちい》りそうな時こそ、花は美しく咲《さ》くのだと思いませんか？」

「……本当に十五歳か？」

まさかお父様に年齢《ねんれい》を疑われる日が来るなんて。正真正銘《しょうしんしょうめい》の十五歳とは言いにくいけれど、ちゃんと十五歳よ。

「とにかく、私はリズさんの監視役を続けることが出来て満足です」

「本当に危険な時は、俺がいるので」

私の言葉の後に、デューク様がお父様の耳元でボソッとそう言ったのが分かった。

失礼しちゃうわ。本当に危険な時でも乗り越えるのが悪女なのに……。

これから先の全ての困難に私は怯《ひる》まない。むしろ困難がたくさん訪《おとず》れる方が悪女っぽくて良い。大歓迎《だいかんげい》よ！

「なんだか楽しそうですね」

「……また馬鹿なことを考えているんだろう。……まったく」

デューク様が口角を上げている隣《となり》で、お父様は肩《かた》をがっくりと落として呆《あき》れた表情を浮かべた。

「安心してください。私は十分強くなりました！」

「……とにかく、無理はしないように。私はこの後用事があるので、これで」

お父様はどこか諦めた様子のままデューク様に一礼をして部屋から出て行った。

なんだかお父様が可哀想《かわいそう》になってきたわ。私のせいで寿命《じゅみょう》が短くなったんじゃないかしら。長生きしてね、お父様。

私はデューク様に視線を向ける。一瞬《いっしゅん》で目が合い、ドキッと心臓が跳《は》ねる。

「デューク様はまだ帰らないのですか？」

「もう少しアリシアと一緒にいたいからな」

「そんなにはっきり教えてくれなくても大丈夫です」

思わず顔を逸らしてしまう。自分の体が熱くなっているのが分かる。

こんな美男にそんなこと言われたら失神しちゃうわよ。もう少しご自分のイケメンさを自覚してほしいわ。

彼の視線が、私の胸元《むなもと》にあるダイヤモンドのペンダントに移る。クイッと優《やさ》しく引っ張り、私の顔を自分の方に引き寄せた。

「いつか必ず俺のものにする」

……キスされるかと思ったわ。な、何か言い返さないと！

「どうしてそんな強気でいられるんですか？　逆かもしれませんよ？」

私はなけなしの体力を使いながらにやりと口《くち》の端《は》を上げる。

「逆？」

「私がデューク様を私のものにする可能性だってあるでしょ？」

私の言葉にデューク様は一瞬固まり、優しく笑う。また心臓がうるさくなる。

「俺の心はもうとっくにアリシアのものだ」

ああ！　もう本当にこの方は！

私は何度デューク様の言葉で殺されるのかしら。これから先が心配だわ。

デューク様のどこか勝《か》ち誇《ほこ》った顔を見ながら、私は小さくため息をついた。

終

あとがき

こんにちは！　大木戸《おおきど》いずみです。

最後まで読んで頂き本当に有難《ありがと》うございます。

二巻が発売されることになり、とっても嬉《うれ》しいです！


個人的に好きなキャラはメルちゃんです。お人形みたいな見た目に毒舌《どくぜつ》で更《さら》に、アリシアのことが大好きっていうのが癖《くせ》強くて好きです。

皆様《みなさま》はどのキャラクターが一番好きですか？

いやぁ、それにしてもアリシアちゃん、どんどん男前になっていきますね。姐《ねえ》さん！　って雰囲気《ふんいき》が伝われればなぁ、と！


ジルも成長して……。なんだか可愛《かわい》げのない少年になっていくな、と思います。

まぁ、どれだけ大人びていてもまだ子どもらしい一面があったりするのがグッドですね！

ジルはアリシアのことを絶対的に信用していて、愛しています。彼の人生にアリシアは必要不可欠な人となっています。

……ジル、婚期逃《こんきのが》してしまうんとちゃうか？

彼はアリシアに全てを捧《ささ》げているので、結婚《けっこん》しなさそうですけどね。


アリシアちゃんの自称《じしょう》悪女っぷりは良き人材を惹《ひ》きつけていきます。

悲しいことに、アリシアが頑張《がんば》って悪女を目指すほど、それとは程遠《ほどとお》い人間になっていってしまいますね……。

賢《かしこ》く、強く。彼女《かのじょ》の悪女の定義はこれからも変わらず、真《ま》っ直《す》ぐに進んで欲《ほ》しいです。


いつも素晴《すば》らしいアドバイスをくださる担当様、そして最高に素敵《すてき》なイラストを描いて下さった早瀬《はやせ》ジュン様、本当に有難う御座《ござ》いました。

そして！「歴史に残る悪女になるぞ」がコミカライズしました！

保志《ほし》あかり様がとっても素敵に描いてくれております！

有難うございます。


では、さらば！

大木戸いずみ

■ご意見、ご感想をお寄せください。
《ファンレターの宛先》
〒102-8177 東京都千代田区富士見 2-13-3
株式会社KADOKAWA ビーズログ文庫編集部
大木戸いずみ 先生・早瀬ジュン 先生

ビーズログ文庫

●お問い合わせ
https://www.kadokawa.co.jp/（「お問い合わせ」へお進みください）
※内容によっては、お答えできない場合があります。
※サポートは日本国内のみとさせていただきます。
※Japanese text only

歴《れき》史《し》に残《のこ》る悪《あく》女《じょ》になるぞ 2

悪《あく》役《やく》令《れい》嬢《じょう》になるほど王《おう》子《じ》の溺《でき》愛《あい》は加《か》速《そく》するようです！

大《おお》木《き》戸《ど》いずみ

2021年 2 月15日 初版発行
2024年 8 月30日 9 版発行

発行者	山下直久
発行	株式会社 KADOKAWA
	〒102-8177 東京都千代田区富士見 2-13-3
	（ナビダイヤル）0570-002-301
デザイン	島田絵里子
印刷所	株式会社KADOKAWA
製本所	株式会社KADOKAWA

ISBN978-4-04-736502-5 C0193

定価はカバーに表示してあります。
◆◇◇